花の旅立ち

谷口純子

日本教文社

はじめに

暖冬続きの近年でしたが、今年は日本各地で数年来の大雪となり、寒さも殊のほか厳しい冬でしたが、ようやく春の気配が感じられるようになりました。そんな頃、私の最初の本を出版していただけることは嬉しく、ありがたい限りですが、一方では恐ろしいような気持ちもします。

このエッセイ集は、私が一九九五年から約六年間『白鳩』誌に書いたエッセイ四十二篇を集めたものです。

私は昔から、人の書かれた随筆やエッセイを読むのは好きでしたが、自分で文章を書くなどということは、全く考えておりませんでした。ですから最初にエッセイを連載するお話がありました時は、随分迷いましたが、生来の向こう見ずな性格で、無謀にもお引き受けしてしまいました。以来よちよち歩きのおぼつかない足取りではありましたが、なんとか歩を進めてまいりました。

　六年間に書いたものを、読み返してみますと、種々雑多な話題について感じたままを書いてあり、諸処に稚拙な表現も見られ、恥ずかしく思うところもあります。ただいつの時も私は、人生を前向きに希望をもって歩みたいと願って生きてきましたが、そのような気持ちが、この本を通じて皆様のところに届いてくれれば、それ以上の喜びはありません。足りないところばかりが目立つエッセイ集ではありますが、現在の私のありのままの姿だと、お許しいただきたいと思います。

　一冊の本にまとめるにあたり、「今年」や「昨年」などの表現は改めましたが、なるべく書いた当時の印象を損なわないようにと、加筆修正は最低限に留め、実際の発表時期を巻末の「初出一覧」にまとめました。

　最初のエッセイ「あっという間の春」は六年前に書いたもので、このとき中学一年生だった二男は、もう大学生となり、この四月から家を離れて一人暮らしを始めます。また、この本の題名に使った「花の旅立ち」というエッセイは、長男の大学入学時に書きましたが、その長男も今年成人式を迎えました。こういう子供たちの巣立ちと共に、私の人生にも新たな「旅立ち」の時が巡って来たように感じます。実際の旅に出るわけではありませんが、私の日々のありようが大きく変化し、人生の旅路にも違った景色が開けてくるのを予感します。

旅立つ子らを見送る母は、切なさを感じます。しかし、見送る側にもまた新たな、思いがけない経験が待ち受けていて、驚いたり、喜んだりできるのが人生であり、生きることの楽しさだと思います。ご縁があってこの本をお読みいただきました皆様の人生にも、素晴しい旅立ちが待ち受けていますように。子供たちの人生が美しく開花しますように。そして、私のこれからにも多くの実りがありますように……。沢山の願いを込めて、「花の旅立ち」という題にいたしました。

この本の出版にあたりまして、長くニューヨークで活躍され、日本に帰国後も精力的に画業に専念されている、遊馬正画伯の大らかな華やぎのある桜の絵を、表紙に使わせていただきました。また日本教文社の永井光延さんと渡辺浩充さんには、大変お世話になりました。あわせてお礼申しあげます。

最後に多忙な日常にもかかわらず、常に暖かい励ましと、厳しい助言を与えてくれ、見守り続けてくれた夫、谷口雅宣さんにも、心から感謝いたします。

二〇〇一年春三月　鶯が鳴き始めた頃

谷口　純子

花の旅立ち　目次

春 Spring

夏 Summer

秋 Autumn

冬 Winter

本書の本文用紙は50％再生紙を使用しています。

カバー装画……遊馬正
装幀…………石田洲治
本文挿画………谷口雅宣
本文写真………谷口雅宣
中扉絵…………著者
本文写真提供…オリオンプレス／
宮尾飛古（自然のイメージ写真すべて）

花の旅立ち

春

Spring

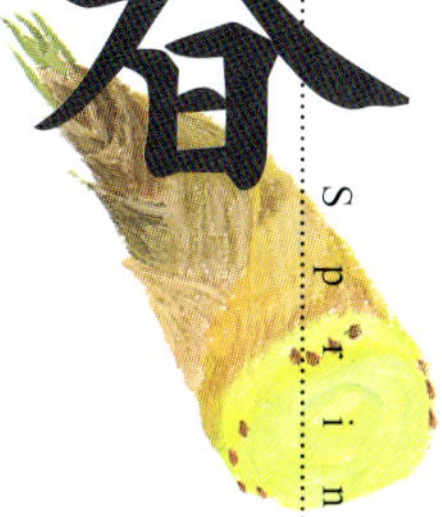

あっという間の春

日本の春は桜とともにやって来る。三月も半《なか》ばを過ぎる頃から、桜の開花を予想した桜前線のニュースがテレビやラジオで報じられる。四季のはっきり分かれた日本では、自然の変化に伴って、様々な風習や行事が行なわれ、それが人々の生活に豊かな彩《いろど》りを添えている。

暮れになると、大変な事と思いながらも、私はせっせとお節《せち》料理を作り、一月七日には七草がゆをいただく。二月三日の節分には豆まきをし、三月三日の雛祭《ひなまつり》にはちらし寿司を作って、白酒でお祝いをする。こんな私を見て、夫は時々「あなたは日本文化の継承者だ」などとからかう。

温室栽培の発達などで季節感が薄れたといわれる現代でも、気候としては季節の確

あっという間の春

かな巡《めぐ》りがあるから、現代人の暮らしの中にも、四季の感覚はまだ多く残されている。外には雪が舞っていても、二月四日の立春を迎えると、もうすぐ春なのだと、ほころびはじめた梅の花のはなやぎも加わって、私は縮《ちぢ》こまっていた手足をすこしずつ伸ばすような気持ちになり、心がはずむ。

四月（一九九五年）には、二男が中学生になる。日本では卒業式は三月、入学式は四月と決まっている。桜の花の咲く下で記念写真をとった記憶は、多少の時間的ずれはあっても、どの人にもあることと思う。

長男は十四歳、中学三年生である。

彼が生まれたのは、私の実家のある三重県の伊勢である。当時夫は産経新聞の記者で、私たちは横浜の菊名の２ＤＫのアパートに住んでいた。最初の子をどこで出産するかという話になった時、アパートの二人暮らしの中、夫は時間の不規則な仕事だったこともあり、実家で産むのがいいということになった。初めての子供を夫から遠く離れた所で産むこと、まして夫の仕事は、妻が出産だからといって簡単に休めるものではないと知っていた私は、いささか不本意ではあったが、伊勢に帰ることにした。

息子は、丁度《ちょうど》予定日の十二月二十三日に生まれた。温暖な伊勢にしては珍しく、小雪のぱらつくその日、分娩《ぶんべん》室から戻ると付き添ってくれていた実家の母が、夫が今こちらに向っていると告げてくれた。その病院には、病室内に付添人の泊まれるベッドが置いてあったので、新しく家族となった三人は、こうして思いがけぬ数日を共に過ごしたのである。

その後一年程《ほど》、夫の母は新しく父親となった息子と孫を見比べながら、「あっという間ですよ。本当にあっという間ですよ」とよく言っていた。突然始まった子育てに夢中だった私には、その頃は、母のその言葉の意味がよく分からなかった。しかし、今こうして十四年の歳月がたってみると、本当に「あっという間だった」と、母の言葉の意味をかみしめてみることができる。

お釈迦《しゃか》さまが長い苦行《くぎょう》の末、下山された時、バラモンの娘から牛乳のおかゆを恵まれる話は有名である。その時、お釈迦さまは、この世界は殺し合いの世界や奪《うば》い合いの世界ではなく、与え合いの世界であり、生かし合いの世界であったと悟《さと》られた。その実感は、お釈迦さまのような魂の高みに達した人にしか、本当の意味では分からない。私のような凡人《ぼんじん》には、到底分かるものではない――私は永い間そう思っていた。

しかし近頃、「そうではないかもしれない」と、ふと思うことがある。どの人にも、そのような美しい世界は与えられている。ただ、見方を変えればよいのだ。良いことばかりではなく、時には苦しいこと、辛《つら》いことがあったとしても、その奥に生かそう生かそうとしている愛を見出せる時、その人の住む世界は、生かし合いの世界となるのであると。人生のその時その時を、このような暖かい目で生きたいと思う。

桜の花が日本人に好まれるのは、その命の短かさと散りぎわの潔《いさぎよ》さの故という。振り返れば「あっという間」の一コマ一コマを力一杯生かそうとしているような、この桜の開花を、私は今年も楽しみに待っている。

人それぞれの花

グランドマア・モーゼスの画集を久し振りに出して眺めた。十九世紀後半から二十世紀前半のアメリカの農村風景が美しい配色で、丁寧《ていねい》に描かれているほのぼのとした作品である。

私が、グランドマア・モーゼスのことを知ったのは数年前のことである。確かな記憶はなく、新聞か雑誌の記事で、彼女のような画家の存在を知ったのだと思う。アンナ・メアリー・ロバートソン・モーゼスは、一八六〇年、アメリカ、ニューヨークの小さな農村グリニッチで生まれた画家で、一九六一年に百一歳で亡くなっている。とはいっても、彼女が本格的に絵を描き始めたのは、七十五歳からで、その後二十年以上、死の二〜三ヶ月前まで描き続けている。その間に彼女はアメリカで最も著名な画

家の一人となり、当時のアメリカ大統領トルーマンとお茶を飲んだり、アイゼンハワーやケネディとは手紙をやりとりしたそうだ。

絵を始める前の彼女は、その頃のアメリカではどこにでもいたであろう、独立心の強い、働き者の農家の主婦であった。子供の頃から絵を描くのは好きだったようだが、生活に追われ、ゆっくり絵を描くような時間のないまま、普通の人ならとうに全てを成し終えて余生をという頃から、彼女の創作活動は始まっている。グランドマア・モーゼスの生涯を知った時、私は、このような人生もあるのだと、人間の限りない可能性に希望を感じたものである。

吾が家でとっている新聞二部は、どちらもこのところ少子社会についての特集を組んでいる。女性が子供を産まなくなったということである。女性は昔のように「学校を卒業したら花嫁修業をして、結婚」というパターンは、ほとんどなくなり、皆何らかの仕事についていく。中には自分のキャリアを積んで、一生仕事を続けるという人もいる。このような女性の生き方の多様化の中で、その受け皿となる社会制度は、しかしそれ程変化していない。又共に生きる男性の意識もあまり変わっていない所に問

人それぞれの花

題がある、という論調が多い。

男女雇用機会均等法が施行《しこう》されて十五年になるが、上級職にいく程、女性はグラス・シーリング（ガラスの目に見えない天井。無形の障害）につきあたる。また、子供を欲しいと思っても、育児休暇の間に自分のポストがなくなっているのではないかという不安で、思い切れない。

男女共学で肩を並べて学び、人生について理想や希望を語った男性が、一旦《いったん》結婚してしまうと女性に母のような存在になることを求め、家庭の仕事を全て女性に委《ゆだ》ねてしまう。そんな中でも働きながら子供を産んだ女性は、自分にかかる負担があまりにも大きくて、二人目の出産を躊躇《ちゅうちょ》してしまう。

一方、専業主婦も、かつて社会の中で働いた経験から、はっきりと評価されることの少ない家事労働では、自分の存在価値を実感することが難しく、かといって「女は結婚して子を産む」という価値観の中に昔のようにどっぷりと浸ることもできず、子供を産むことを避けるようになる。これらの要素が複雑にからみあって、日本は、かつてどの国も経験したことのない早い速度で、少子高齢化社会に向かっていると言われている。そのために、政府も民間も、女性がすこしでも子供を産みやすい社会にと、色々の方策を打ち出し始めている。

社会の中で颯爽《さっそう》と活躍している女性の姿は頼もしい。大いに拍手を送り応援したい。しかしどんなに時代が変っても、男性が子供を産むことはできない。それは女性に与えられた天分であると私は思う。仕事も家庭も子供もと望む女性が生きやすい社会になっていくことを願うと共に、仕事か子供かという選択に迫られた時には、子供を選びたいと思う。何故《なぜ》なら、より良い人間を次の時代へ送り込むことくらい重大な仕事はないのだから。

人生は何も、そんなに急ぎ足であせることはない。子育ての期間の仕事のブランクは、その人の人間的価値に於いて、プラスになることはあっても、決してマイナスになることはない。社会の方でも、そのような子育ての価値を学んだ人を、きっと待ってくれているに違いない。モーゼスおばあさんのように、七十五歳になってから、遅咲きではあるが、大輪の花を咲かせることだってできるのだ。

「人生は自分でつくり出すものである。常にそうであったし、これからもそうである」

——こういったグランドマア・モーゼスの一生は、決して平坦《へいたん》なものではなかったが、彼女の絵の中に出てくる明るく家族的な人間たちは、それまでの彼女の人生なくしては存在しなかった、と思う。それらの絵を見ていると、七十五歳までの彼女の生活の豊かさと共に、未来への希望が伝わってくる。

隠された宝

雨上がりのその日、東京はちょうど桜が見頃であったが、夫は仕事で留守だった。近頃は一人で公園に出かけることなどない私は、少しためらったが、この日を逃しては今年の最も美しい時期の桜を見ることはできないかもしれないと、新宿御苑に出かけた。染井吉野が満開の季節にそこに行くのは初めてだった。雨に洗われたしっとりと澄《す》んだ空気の中で、桜は見事に咲いていた。新宿御苑はこんなに美しい庭園だったのかと、新しい発見だった。

多くの見物人の中を、私は一人で桜を愛《め》でながら歩いた。御苑のほぼ中央にある池の回りを歩いて橋を渡り、斜面を登った所から、細長い池を隔《へだ》てた向かい側の斜面を眺《なが》めた。緑の中に所々配された桜がふんわりと淡い色に染まり、やさしく穏《おだ》やかな景

色は、まさに一幅《いっぷく》の絵のようだった。自然の与えてくれる恵みを素直に有り難く感じられる時である。

ノンフィクション作家の吉岡忍さんは、季節の変化がもっともあざやかなこの季節になると、自分のしてきた仕事に対してふと自問するという。彼はノンフィクションという仕事柄、この世の中の不幸と苦しみをぎりぎりまで見つめること。そこをとことん見ておかなければ中途半端《ちゅうとはんぱ》な救済と月並みな再生しかできないと自分に言い聞かせながら、仕事をしてきた。そんな彼も、季節の変わり目という自然の大きな営みを目の前にすると、人間の及ばぬ偉大な力を感じ、そこからさらに大宇宙にまで思いは拡がる。それに比して、自分の存在の小ささと共に、人の世の不幸ばかり追いかけていてどうするのかと自問するそうだ。

しかし、「現実を見る」ことを繰り返しているうちに、いつのころからか美しいもの、きれいなもの、幸せなものを見たい、そういうものだけを見てみたいと思うようになったという。

彼の中で、人の世の不幸、悲惨《ひさん》さを追いつづけることと、美しいもの、きれいなも

隠された宝

のを見たいという欲求は、どのように満たされるのだろうか。吉岡さんの短い文章から、私はそれを読み取ることはできなかった。

ただ私には、吉岡さんのように、この世の不幸、汚い出来事、そんなものをとことん見つめる勇気などない。できることなら、この世の美しいもの、きれいなもの、幸せなものだけを見て生きていたいと思う。だから四月には桜を見たいし、五月には新緑の山に出かけたい。又、六月ともなれば紫陽花《あじさい》の綺麗《きれい》なお寺を訪ねてみたいとも思うのだ。しかしそのような思いとは裏腹に、どうしても不幸な出来事と向き合わねばならない時もある。

私の息子が交通事故にあったことがある。登校途中、家を出てすぐの所でオートバイとぶつかって後頭部を強く打ち、意識を半分失っていた。一緒にいた娘の知らせでかけつけた私は、彼と共にけたたましくサイレンを鳴らして、猛スピードで走る救急車に生まれてはじめて乗った。救急車の到着した病院の救急救命センターという所では、待ち受けていた医師や看護婦の手によって、息子はさっと引き取られていった。

人気のないがらんとした救急センターのロビーで、私は不安に満ちた気持ちで朝の空を眺めていた。鳥が群をなして飛んでいった。「神様」と私は心の中で叫《さけ》び、救いを求めた。しかし、今、目の前に息子の悲惨な姿を見た私には、神様は手の届かぬ遠くに感じられた。

突然連れて来られた病院は、まるで異郷の地に降り立ったようだった。普段《ふだん》健康に暮らしているものには、そこは別世界である。誰もがパジャマや寝間着姿で生活しているし、不健康な顔色の人が点滴の容器を持って歩いていたり、ベッドで運ばれていく人、又包帯姿の人がいたりする。私は最初、大変な違和感を覚えたのだが、母親にとって子供の入院というのは、自分が入院するのと同じ切実さがあるから、単なる部外者ではいられない。健康に生活している時は忘れているが、人が病み、病院で生活するというのも、日常生活と隣《とな》り合わせに存在する現実だということを、その時思い知らされた。

それまでの私は、病院等という所は自分とは縁のないものだと思っていた節がある。私も私の家族も皆健康だし、私たちはよい生活をしている。病気になるような人はきっと、不健康な暗い人生を送っているに違いない。知らず識《し》らずのうちに私の中に、そんな傲慢《ごうまん》さと偏見《へんけん》が生まれていたことに気づかされた。それを背後からドーンと打ちくだかれたような衝撃だった。

自分は正しい善いことをしているという心、その中をよく見つめれば、決して良いものばかりではなく、正しくないもの、醜《みにく》いもの、暗いもの等が潜んでいる。それが現象の肉体人間の姿である。もっと謙虚に生きなければと思った。

数時間後に息子の意識は、はっきり戻った。幸い外傷はなかったが、頭を打っていたから、レントゲンをはじめ、ＭＲＩ（磁気共鳴映像法）検査、脳波検査等、詳しく調べてもらい、何処にも異常がないことがわかり、事故から一週間後に彼は元気に退院した。その後もずっと健康に生活している。そして彼も、自分の回りのことに注意深く気を配って生活しなければならないことを学んだと思う。

一見、不幸と思える事がらの中に、大いなる導きがあり、より広い自由な世界への切符が隠されていた。桜の花も厳しい殺風景な冬を経て花開くから、その美しさは一層目に染み、人の心を和《なご》ませる。暗い出来事の中にも、深く見つめれば、必ず美しいもの、幸せへとつながる道すじが見出せるものである。

大樹との出会い

一九九八年五月の第二土曜日、私は娘の中学校の〝母の日礼拝〟に出かけた。娘の学校はプロテスタントの学校で、毎年母の日の前日の土曜日に、母の日礼拝を行なう。礼拝では、最初に牧師さんのお話があり、その後新入生数人による母への感謝の言葉が朗読される。そして最後に、出席した母親一人一人に、赤いカーネーションが一本ずつ、十数人の代表の生徒によって手渡された。

母への感謝の言葉では、三歳で父親を亡くし、母一人の手で育てられた女生徒が、母への尊敬と限りない感謝の思いを披瀝《ひれき》し、参加していた母たちの胸に、勇気と励ましを与えたように思えた。荒れた中学生の事件が、度々《たびたび》新聞紙上をにぎわしている時だが、中学一年生の子供たちの母への思いは、純粋で飾りがなく、母親の長所も欠点

もしっかり認めつつ、その底には暖かいものが流れていた。

その日、夫は午後から出張で、私は昼食の用意等で忙しかったから、自由参加の母の日礼拝は、欠席しようと思っていた。しかし前日の娘の口ぶりから、何となく出席してほしそうな感じを受け取り、また夫の推《すす》めもあって出席した。

ほんの一時間ばかりの礼拝を終え、学校の講堂を出て、私は学校の敷地内の大きなイチョウ並木の所まで歩いて来た。母としてのささやかなつとめを果して、爽やかな気持ちだった。イチョウの並木の隣りには、プラタナスの大木も何本かあった。すっかり若葉も伸び、堂々と枝を広げている。それを見上げた瞬間、私はその存在感に圧倒され、不意に涙があふれそうになった。大都会の真ん中で、コンクリートのビルディングに囲まれている環境だからなのか、それらの木々の実在感が突然、強く私に迫って来た。木はただそこに立っているだけの存在だが、何と立派なことかと思った。

私は近頃、一瞬一瞬の時間ということを考える。木を見上げ、その堂々としたたくましい姿に感嘆している瞬間の私は、あらゆるこの世の煩《わずら》わしさから解放されている時なのだ。

大樹との出会い

谷口雅春先生は、「人間は〝今〟の一瞬を悔《く》いなく生きる以外、神の永遠の生命を地上にあらわすことはできない」とお教え下さった。私はその意味を、何事も一所懸命、真剣に行なうことだと解釈していた。しかし、最近知ったアフリカのエイズ患者の話から、その言葉にはもっと深い意味があるのではないか、と考えるようになった。

かつて、中央アフリカ共和国に滞在し、現在NGO「アフリカ友の会」の代表として、エイズ患者の支援活動をしている徳永瑞子さんの話によると、アフリカのエイズ患者は、エイズであることを告知されても、先進国の患者のように悲壮感はなく、皆明るいそうだ。それは貧しいことが幸いしているという。彼らには二〜三年先の死よりも、今日生きること、今日食べられるか、明日はどうかということの方が大きな問題だという。周りの人間の死を日常的に見ながら、一日一日を生きていき、それが一週間になれば有り難い。一週間が一ヶ月になればもっと素晴しく、一ヶ月が一年になればもう奇蹟《きせき》だという厳しい環境の中では、二〜三年先に死ぬと言われても驚くほどのことではないのだろう。

彼らは、今日一日を、ギリギリの線で生きているから、数年先の不安など抱《いだ》かずに、明るく生きられる。それは、人間の力ではどうすることもできない大きな流れの中で、自分の生命が今日も生かされたということを実感し、その与えられた生命を、その場その場で最大限に使いながら生きることになるのだろう。

そんな彼らの生き方と比べ、私は自らの日常を省《かえり》みて、一所懸命生きているつもりだが、よく考えてみると、明日のことを思い煩《わずら》い、過去の出来事にとらわれている自分を見出す。

「〝今〟の一瞬を悔いなく生きる」とは、過去や未来に心を奪《うば》われず、与えられた今の時間、目の前にあるすべてのものを感じ、そのまま受け入れることなのだろう。それはまた、私が木と向き合った瞬間にも通じるものがあると思う。

花の旅立ち

首都高速三号線の下りは、東京・世田谷区の用賀から東名高速道路となり、神奈川県の川崎、横浜へと繋《つな》がっている。三月半《なか》ば、沿道の枯《か》れ木のくすんだ茶色の所々には、そこだけが白く輝いたような空間がある。満開に近く花をつけた辛夷《こぶし》の木だった。いつのまにか春になっていたのだと、私は辛夷の花から季節の移ろいをにわかに感じたのだった。

私は吾が家のＲＶ車の助手席に乗って息子の新居に向かっていた。ハンドルを握る夫はその日、朝九時過ぎに一度、息子と二人で荷物を満載して転居先まで往復し、再び私を迎えに来てくれたのだ。

花の旅立ち

四月から息子が通う大学は神奈川県厚木市にあり、東京・渋谷の自宅からは二時間近くかかる。通えない距離ではないが、夫は通学距離とは関係なく、彼が大学生になったら一人暮らしをさせると言っていた。初めてその考えを聞いた時私は、少々びっくりした。大学を卒業するまでは家にいるものと思っていたからだ。しかし夫は、十八歳は〝巣立ち〟の年齢だという。

こういう夫の考え方には、自分自身の大学生活への反省や、アメリカ留学の体験などが、大いに影響しているようだった。アメリカでは、日本のように親の家から大学に通い、掃除、洗濯、食事の世話をしてもらい、さらにお小遣いまでもらう学生はあまりいないという。ほとんどがアルバイトをしながら、また奨学金をもらいながら一所懸命勉強している。そのような〝苦労〟を通して人間は、他人の苦労もわかる自立した大人に生長していく。自分の息子にも、そのように生きてほしいという強い思いがあったようだ。

母親の私は、もう手放さなくてはならないのかという切なさはあったが、夫の考えを聞いてみると、全く同感だった。だがやはり、今までのように毎日、私の作った料理を息子が食べることはないのかと思うと寂《さび》しいし、離れて住む息子の日常の細々としたことが気になってくる。洗濯をきちんとして清潔なものを着ているだろうか、野菜はちゃんと食べているだろうか、夜更《よふ》かしをしていないだろうか等、考えるときりがない。母親とは、何と心配性なのかと、吾が事ながら呆《あき》れてしまう。

しかし自分自身の十八歳の頃のことを考えれば、そんな心配は必要ないことがよくわかる。

私も十八歳で東京に出て、一人暮らしをはじめた。その頃の私は自分の未来しか見ていなかったから、家を離れる寂しさは感じたが、それよりも自分が前に進むことの方が大切だった。ところがいざ一人になってみると、どうして私はこんなに急いで家を出たのかと後悔した。夜一人でアパートの一室に座《すわ》ってみて、この世に家族のいる自分の家ほど良い所はほかにない、とその時初めて気がついたのだ。しかし、もう家に帰るわけにはいかない。どんなに家や家族が恋しくても、そんな思いを断ち切って前進しようとするのが若さであり、そういう孤独を経験しつつ、私も少しずつ生長していったと思う。

家を出た頃の私は、私を手放した両親の気持ちなど全く考えなかった。けれども息子の旅立ちを経験した今頃になって、長女の私を遠くに送り出した父母の気持ちはどうだったのかと、私は思う。

放つ愛とは、放つ方に痛みを伴《ともな》うものだということも学んだ。

きっと私の息子も、母親の愚《おろ》かな感傷などお構いなく、自分の未知なる世界に向かって、期待と不安を胸に前進しているのだろう。

やがて辛夷《こぶし》の花は散り、例年より早く桜が咲いた。一時急に寒さが戻ったこともあったが、それでも今年は早かった。あまり早く桜が咲くと、私は慌《あわ》ててしまう。あの春霞《はるがすみ》のようなやさしさを充分楽しまないうちに散ってしまっては、と不安に思うからだ。今年はそんな思いが一層強く感じられた。息子の旅立ちが、桜の開花に重なったからかもしれない。

しかし、桜の花は毎年必ず咲く。その後にも次々と出番を待っている花もある。惜しんでばかりいるわけにはいかない。

アンとパパイヤ

私がスチュワーデスの仕事で、初めて訪れた外国はタイだった。飛行機がタイの首都バンコクのドンムアン空港に着陸し、飛行機のドアが開くと、外からは熱帯の熱い空気がムッと流れて来て、日焼けしたタイ人の地上職員が乗り込んで来た。このときが、私には外国へ着いたことを最も確かに感じた瞬間だった。

それから世界各地で幾度もこの光景は繰り返されたが、いつも同じように感じた。景色ではなく、人の姿・形・ことばなどで、異国は入り込んでくると思った。空港の到着ロビーでは、出迎えの人が溢《あふ》れていて、どこか懐《なつ》かしい雰囲気があった。生まれて初めての外国だったということもあるかもしれないが、私は妙に親しみを感じ、いつか遠い昔に、自分がこの国の人だったのではないかという奇妙な感覚をおぼえたこと

を、思い出す。ここ数年目覚しい発展を遂《と》げたバンコクも、今から二十数年前はまだのどかで、田圃《たんぼ》では牛が耕作に使われているのを、よく見かけた。その一方で日本の古い三輪トラックや乗用車が、黒い煙を吐《は》きながら、わがもの顔に街を駆《か》け抜けていた。

そのバンコクのホテルで、先輩のスチュワーデスが、半分に切られて種の除かれた大きなパパイヤに、ライムのジュースをかけて食べていた。日本で出回っているハワイ産のパパイヤに比べると二倍近くも大きいもので、果肉は赤みがかったオレンジ色をしていた。そのくせのある独特のにおいが、私は嫌いだった。日本人である私は、こんな物は食べられないと思った。空港で感じた親しみとは別に、それは初めて訪れたタイという国に対して、私が持っていた偏見《へんけん》の一種だった。

ところがその後、私の尊敬する女性の好物がパパイヤと知って、私は考え直すことになる。そして自分で試食してみると、とても美味《おい》しいことが分かり、以来私の好物となった。

単純な話であるが、人間の感じる好悪の印象は、案外つまらない思い込みから来て

アンとパパイヤ

いる事がある。

　外見や風評から、好みでないと思っていた作家の小説やエッセイが、とても面白かったなどということは、私には数えきれないほどある。

　例えば中学生の頃、私の家から歩いて二、三分の所に、右と左に分かれて二軒の本屋さんがあった。時間があると、私はよくそのどちらかの本屋に出かけた。あるときそこの棚に『ひげの天使』という本を見つけて、買った。その本についてなにか予知識があったわけではないが、どこか惹《ひ》かれるものがあったのだ。そしてそれはとてもいい本だった。内容を今はもう覚えていないが、それ以来私は、本屋の棚に大いに期待するようになった。この沢山の本の中に、私をワクワクさせ、あるいは未知の世界へ運んでくれるものがあると思った。しかし現実には、面白い本にそんなにしょっちゅう出会えるわけではない。

　学校の教科書に『赤毛のアン』の一部が出てきたのもその頃だった。その本は、本屋の棚でもよく見かけていたが、私は興味を持たなかった。題が少女趣味的で、魅力のある内容とは思えなかったからだ。だが教科書で読んだアンの話は面白かった。早速私は本屋に行って『赤毛のアン』を買い、来る日も来る日もアンを読んだ。アンシリーズは十冊あったが、順次読み進むうちに、書店には置いてない巻もある。すると、私はそれをすぐ取り寄せてもらい、書店からの入庫の知らせを今か今かと待った。十冊全て読み終えると、また一冊目から読んだ。こういうわけで、『赤毛のアン』は、高校を卒業するまで私の傍《かたわ》らに常にあった。

あれから三十年近くが過ぎた今も、私の本棚には、アンシリーズのうち三冊がある。たまに手に取って読むことがあるが、私の少女時代の希望や夢が思い出されてとても懐《なつ》かしい。

パパイヤは私に、若い日の未熟さを教えてくれた。そしてアンは生涯の友となった。

宋姉妹

上海の広大な邸宅の庭で、降りしきる雪を感じないかのように、中国服姿の精悍《せいかん》な若い父親と、三人の幼い娘が手をつないで踊っている。彼らの口から響いてくるのは流暢《りゅうちょう》な英語で、そのメロディーは「峠の我が家」だった。

東京・神田の岩波ホールで上映されていた香港映画『宋家の三姉妹』は、公開から三ヶ月が過ぎた三月初旬でも、連日長蛇《ちょうだ》の列ができていた。私は三年程前、図書館でたまたま目にして借り出した『宋姉妹』という本を読んでいたので、三姉妹のことは知っていた。だから、それの映画化には興味があったので公開早々に見に行った。

映画の舞台である二十世紀初頭の中国では、多くの女性が纏足《てんそく》で行動の自由が奪わ

宋姉妹

©オリオンプレス

れていた。纏足になれば踊り回ることはできず、ましてや英語の歌を歌うことなど、一般庶民の娘たちには想像もできないことだった。

こんなことができたのは、彼女たちの父親・宋耀如が数奇な運命をたどったからだ。彼は、中国の海南島の貧農の家に生まれたが、移民としてアメリカへわたった華僑《かきょう》の親族をたよって、九歳の時渡米する。叔父《おじ》の許《もと》で商取引の複雑な実務を仕込まれたのち、キリスト教の牧師に引取られ米国の大学を卒業する。そしてメソジスト派の牧師となり、キリスト教伝道のため、渡米以来十四年ぶりに帰国した。清朝末期の時代に、民主主義の国から帰って来た彼は、やがて聖書の印刷・出版で財を成し、「伝道」ではなく「革命」による中国救済の道を選ぶことになる。

そんな彼の子として生まれたのが、靄齢《あいれい》（長女）、慶齢《けいれい》（次女）、美齢《びれい》（三女）の三姉妹である。彼女たちは、幼いときから英会話やピアノのレッスンを受け、「新しい女性の力で、新しい中国を作るように」との父の強い願いを感じながら育てられた。そして三人とも、父と同じように、十歳前後でアメリカに送られ、大学教育を受けて帰国する。

靄齢は帰国後、中国革命の父・孫文の英文秘書となり、その後孔子の流れを汲《く》む孔《こう》祥熙《しょうき》と結婚した。孔は後に中華民国行政院長（総理）となり、世界でも有数の富豪となった。次女慶齢は姉の後を継《つ》いで、孫文の秘書を務める。やがて孫文と結婚し、孫文亡き後は、彼女自身が中華人民共和国の副主席として迎えられ、さらに死の直前には国家名誉主席という地位を与えられた。また三女美齢は、蔣介石《しょうかいせき》の妻となり、中華民国国民党副主席の重責を担《にな》った。

この映画は、メイベル・チャンという女性監督によって作られた。歴史が語られるとき、それはおおかた男性中心に描かれるが、この映画では三姉妹を軸にして大きな歴史の流れの中で生きるひとりの人間としての苦悩や葛藤《かっとう》が、女性ならではの視点で描かれている。そこが、私のような観客にも身近なものとして理解でき、人々を惹《ひ》きつけたのだろう。

そんな中で私がもっとも共感を覚えたのは、慶齢だった。彼女は親子ほど年の違う孫文と結婚したが、それは家族の強い反対にあっている。それを押し切っての結婚について、後年彼女は「恋愛ではありませんでした。遠くからの英雄崇拝でした」と語る。また「私は中国を救うのを助けたかったのです。孫博士はそれができるただ一人の人でした」とも言っている。その孫文も「革命いまだ成《な》らず」と遺訓し、その完成を民衆に託し、慶齢との結婚後わずか十年で他界した。「男たちは革命に命を捧《ささ》げ、女たちは愛を失っていく。それが革命というものなのか……」という慶齢の独白の中に、夫の死を嘆き悲しむ彼女の心を、私は感じた。しかし彼女は、その悲しみに潰されることなく、孫文の思想の体現者となっていった。だがそのことは、政治的信条の違う義弟・蔣介石との激しい対立を招く。それが彼女と肉親の間を裂き、姉妹はしだいに敵対する立場に立つようになっていった。

蔣介石が国共内戦に敗れ台湾に逃《のが》れた後、ただひとり中国本土にとどまった慶齢は、一族の人々と戦後一度も会うことなく一九八一年、八十八年の生涯を終える。それは、家族との情愛に揺れながらも、中国の民主化に捧げた一生だったため、「中国の良心」とも呼ばれた。

三姉妹のことは、「一人は金を愛し、一人は権力を愛し、一人は中国を愛した」と言われる。しかし私は、そのような簡単な言葉では言い表わすことができない。古い因習のもとで苦しんでいた中国の女性たちにとって、三人は、遥かに遠い存在であっても、その時代の生き方を示す〝一つの希望〟であったに違いない。そして、百年後の世紀の変わり目に生きる私たちには、自らの力で運命を切り開いていくことの厳しさと美しさを伝えている。

かゆい夏

今年も京都から春一番に送っていただいた竹の子を、添《そ》えられていた糠《ぬか》で茹《ゆ》でて、庭に出てみると、ついこの間まで裸木であった山椒《さんしょう》からは、瑞々《みずみず》しい若葉がきちんと出ていた。このような時、私は幸せな気持ちになる。

誰が最初にこの二つの相性の良さを、発見したのか知らないが、四月初め新竹の子で、若竹煮などした時、私は少し感動する。感動などと言うと大げさだが、この二つの出会いの妙は見事だと思うのだ。期せずして同じ時節に申し合わせたように出てくるのだから、自然界の心憎い演出である。

まだ梅雨《つゆ》には少し間のある五月末には、紫陽花《あじさい》に小さな花芽がつきはじめる。そしていよいよ梅雨ともなると、紫陽花はさも「季節到来」と言いたげに、青、桃、紫な

かゆい夏

どの涼しげな花をつけている。紫陽花の花は、雨に濡《ぬ》れるとその色が一層鮮やかになるのだ。こんな絶妙な組み合わせを考えてみると、私の目に映るほんの狭い世界だけでも、自然界は見事に秩序とバランスがとれ、美しさを際立《きわだ》たせるように動いているようだ。

ところが、その頃になると私たち家族は、蚊に悩まされ始める。吾が家の庭は殆《ほとん》ど自然のままで、木の消毒をしたり、殺虫剤を撒《ま》いたりしないから、蚊は我が物顔に繁殖する。そして、私たちが庭に出ると足に群がってきて、ものの一分もしないうちに脛《すね》は黒い点で一ぱいになる。生き物を殺してはいけないといわれても、このときばかりは必死に足をたたくことになる。人間がいればすぐに血を吸いに来る蚊に対して、私は反射的にそう反応する。

四、五年前のある夏のこと、娘の友達が遊びにきたことがある。庭で遊ぶというので、私は娘に蚊除《よ》けスプレーと塗り薬を渡した。やがて楽しそうな彼女達の遊んでいる声が、家の中に聞こえてきた。半時間ほどして様子を見に庭に出てみると、その内の一人が玄関先の階段に立って、体を二つ折りにして自分の足を見ていた。そばに寄ってみると、彼女の足には小さな赤い斑点《はんてん》が無数についていた。びっくりして私が「どうしたの?」とわけを聞くと、その子は「蚊のお腹が膨《ふく》らんで赤くなるのがおもしろくって、ずっと見ていたの」とすずしい顔だ。

小学生の女の子の細い白い足についた赤い斑点は、ひどい皮膚病のようで、痛々しかった。その子のお母さんとは親しい間柄だったから、彼女が帰った後、私はすぐに電話をして事情を話した。私達にとって蚊は迷惑な存在だが、彼女には都会では珍しい、自然界の営みの発見だったらしい。

鎌倉時代に奈良の唐招提寺を再興した覚盛《かくじょう》上人は、蚊を殺すことを戒《いまし》めたという言い伝えがある。上人の命日に当たる五月半ばの日、この寺で行なわれる「梵網会《ぼんもうえ》」という行事での、「うちわまき」の様子が写真入りで新聞に報じられた。ハートの形をした約三千枚のうちわを、国宝の鼓楼《ころう》の上から撒《ま》くのだが、それは覚盛上人の遺徳をしのび、没後、弟子たちがせめて蚊を払うために、うちわを奉納したという故事による。

私は世の中には偉い人がいるものだと思った。うちわで蚊をはらって澄《す》ました顔で過ごせるなどということは、羨《うらや》ましいかぎりだ。吾が家では蚊の季節になると庭で草取りなどする時、誰もみな長袖に長ズボンで、腰には植木屋さんなどが使う蚊取り線香を提げて作業をする。

故事によると、覚盛上人の肌を蚊が刺《さ》したので、弟子たちが追い払おうとした時、覚盛上人は、「蚊に自らの血を与えることも菩薩行であり、仏の道である」と弟子たちを諭《さと》したそうだ。蚊が吸う血の量など大したことはないから、血を与えることはなんともないが、その後のかゆみが耐えられない。そんなことを考えていると、果たしてこの世はすべてが秩序正しく整っているのだろうかと、疑念が湧《わ》いてくる。

だから「梵網会」の行事のような神事や祭りを通じて、昔から人々は自然界と上手《うま》く折り合いをつけていく努力をしてきたのだろう。ハート型のうちわもただ蚊を払うだけではなく、その紙には諸願成就と不浄除去の真言《しんごん》が梵字《ぼんじ》で記されている。蚊を殺さないという「不殺生戒《ふせっしょうかい》」を守るだけではなく、戒を守ることにより、身が清まり、願いが成就するという証《あかし》が求められたのだろう。うちわが高い楼《ろう》から撒《ま》かれると、老若男女は我を忘れてそれを拾おうとひしめきあうそうだ。

人間の思いどおりにはいかないこの世だが、その中で善を行うことにより、平安と幸せを得たいと願う人間の素朴な生きるすがたに、私は親しみを覚える。そして、今年の夏も蚊に刺され、かゆみをおぼえながら過ごすのだ。

壊れたオーブン・トースター

　朝、パンを焼くためのトースターが、突然ポンという音とともに電気が通じなくなった。

　夫が分解して直そうと試みたが、特に腐蝕《ふしょく》している部分も見当たらず、原因が分からないので、修理に出すことにした。調べてみると五年前に買ったものだった。簡単な構造のもので、私の記憶では五千円位だった。そんな値段なら、修理に出すより新品を買った方が安いかも知れない。しかし吾が家では、直せるものは出来るだけ修理して使うことにしていた。

　洗濯機、炊飯器、そして電気ポットも、本体の価格に比べて、決して安くない金額で修理してもらった。渋谷の電気店に行くと、家で使っているものと同じトースター

壊れたオーブン・トースター

を見つけた。なんと二千五百円という札がついていた。「こんなに安くなっているのなら、新しいのを買ったほうがいいわね」と、私は思った。店の修理のカウンターに出すのは、ちょっと気が引けたが、それでも一応《いちおう》見積りを出してもらうことにした。

約二週間もたって電気店から電話があり、修理代は三千五百円と言ってきた。夫に相談すると「あなたの良いように、任せるよ」と言われた。難しい決断をしなくてはならない。なにしろ二千五百円で同じ物の新品が買える。五年間ほとんど毎日使っていたトースターは、焼けるのに時間もかかるようになっていたし、傷がついたり汚れている。それをわざわざ高いお金を出して修理してもらうのは、馬鹿らしくないか。しかし買い替えると、直せば使える物をゴミにしてしまうことになる。お金をとるか、環境に配慮し、かつ古い物を大切にするか……。

あれこれ思い惑《まど》い、結局私は修理してもらうことに決めた。夫には「この次壊《こわ》れたら、その時はもうおしまいということにするわ」と言った。不合理なことのようにも思えるが、これで私の気持ちはなんとなく落ち着いた。

たかが数千円のトースターのために、色々考えることは滑稽《こっけい》に思えるかも知れないが、新品に買い替えたいという誘惑と、修理して使うべきだという思いの間で、私の気持ちは揺《ゆ》れ動いたから仕方がない。

しかし面倒でも壊れたものを修理して、もう一度その命を蘇《よみがえ》らせるということには、なかなか捨て難《がた》い魅力もある。物を捨てないで大切に扱えたことで、何か良いことをした気持ちが持てるのもその一つだ。さらに修理してまで使っていると、愛着が湧いてきて、なるべく長持ちさせようという思いも強くなる。

壊れたトースターと関わっている間に、私は二冊の本を読んだ。二人の女性の自伝的な小説で、二人とも戦争を掻《か》い潜《くぐ》ってきた満州からの引揚者だった。そのうちの一人は、大地主の一族で、戦前は何不自由なく生活してきた人だ。ところが戦後、大陸から引き揚げてきた東京での生活は、当時の日本人の多くがそうだったように、一日一日いかに食い繋《つな》いでいくかを考える、切実なものだった。彼女の夫は、戦前は良い地位につき高収入を得ていたが、戦後は時代の変化にすぐには適応できないようだった。そんな男性に比べ、妻であり母であるその女性は、家族を食べさせる為《ため》に、晴れ着の着物を持って買い出しに行き、野菜を育て、できる限りの努力をする。そういう

「命を育《はぐく》み生かす」という、女性が本来持っている力に、私は本を読んで改めて感じ入った。

戦後の物のない時代の生活の困難さは、戦後生まれの私達の想像を超えた世界だ。それは何かを修理する、しない以前の問題で、ない物の中でいかに工夫して生きていくかだった。「大変でしたね。本当によく生きてこられましたね」そんな言葉をかけたくなる。こんな本を読んでいると、自分の現在の生活のいい加減さが際立《きわだ》って感じられる。残念ながら人は豊かさの中では、貧しいときよりもその恩恵を感じにくい。私もその例外ではないと思っている。

だから本などから、自分とは違う時代や場所で生きている人の生活を知ると、自分の今置かれている環境を、客観的に見ることができて、周りのものが新鮮に写る。新品よりも高くつくオーブン・トースターの修理をしようと、私の背中を押したのも、困難な時代を逞《たくま》しく生きたこの二人の女性の力なのかも知れない。

束の間の旅人

ゴールデンウイークを利用して、私たち家族は三浦半島の観音崎に出かけた。そこへ行くことは、ここ数年来の慣例になっている。連休中は車で出かけると、どこでも渋滞を覚悟しなければならないが、観音崎は横須賀市にあり、私の住む東京から一時間余りで行くことができる。渋滞にぶつかったとしても、横浜などに途中下車して時間をうまく使えば、なんとか切り抜けることができる。最初はそんな理由で気軽に選んだのだが、行ってみてその環境が気に入った。

定宿にしているホテルは東京湾に面していて、タンカーやコンテナ船、軍艦、時には客船の往来が見られ、近くには釣り船やヨットも沢山《たくさん》出ている。五月四日は大潮で、潮の引いた海岸には潮干狩《しおひが》りの人も大勢繰り出していた。そういう光景が目の前に広

がるのは私たちには珍しく、波打ち際《ぎわ》に沿って板敷きの歩道が作られているのも、好ましく思えた。ホテルの部屋には、航行する船を見るための双眼鏡と、大型船の運行スケジュールを書いた紙も置かれている。

与えられた二日間の休日を、私達は絵を描いたり本を読んだり、海辺や近くの公園を散歩してのんびりと過ごした。私のような家庭の主婦にとっては、家事から解放されて自由に過ごせるこのような時間は、とても有り難い。自分の生活を客観的に見ることができるし、家事に対する新たな意欲も湧《わ》いてくる。

例えばこんな事があった。

ホテルの近くの割烹《かっぽう》料理店で夕食をとった際、「海老のクルトン揚げ」というのが出てきた。私も時々作るものだが、私のとは形が違った。吾が家の場合は中華料理として球状にコロコロにしてトマトケチャップか花椒塩《ホワジャオエン》を添《そ》える。ところがその店では、小判形にしてモミジおろしと天つゆで食べるのだった。

家事というのは家庭内の仕事だから、人と比べたり出来具合を家族以外の人から評価されることは、めったにない。特に現代のように地域や大家族から孤立した生活形

束の間の旅人

態では、その傾向はますます強まっている。だから個人差が大きく現れるものでもある。そんな一人よがりに陥《おちい》りやすい主婦の仕事の、カンフル剤的効果もこのような時間は受け持っている。

この料理は、海老をすり身にして、まわりにサンドイッチ用のパンを細かくしたものを衣としてつけ、油で揚げたもので、その形から「アジサイ揚げ」と呼ばれることもある。こんなに平べったくするのもあるのだと新たな発見をし、このほうが火の通りが早いかもしれないと感心する。でも私の作る丸いほうが、見た目にはかわいくて美味《おい》しそうだとも思うのだ。このような反応はいつも料理をしている人でなくては出てこない。

家庭の台所を預かる人は、多かれ少なかれ私と同じようなことを思うに違いない。そしてプロの仕事から、同じものを作っても他人の目を意識した厳しさと緊張感のようなものを感じ取り、自分の仕事に対する反省やちょっとした前向きな気持ちも味わう。

それにしても良い仕事というのは、無言の内に人の気持ちを引き立たせるものなのだ、と教訓めいたことをふと思い、翌日は帰途についた。

その日は、いかにも五月に相応《ふさわ》しく、空は高く水平線の彼方には白い積乱雲がくっきりと姿を見せ、さわやかな晴天だった。観音崎灯台《とうだい》の下にある公園は、色とりどりのパラソルやテントがひしめきあい、連休を楽しむ家族連れであふれるばかりだ。お昼前にホテルを出た私達の車は、公園の駐車場前で順番待ちをしている車の列に阻《はば》まれて、二、三度信号待ちをした。停車している車の左手は海で、歩道にはおじいさんらしき人が孫と思われる四、五歳の男の子の手を引いて、海辺の公園の方に向かって歩いている。右手は釣具店や小さな食堂、そして建てられてまだ間のなさそうな小綺麗な家が二軒並んでいた。その内の一軒の軒下には、白い洗濯物が五月の陽光を浴びて風になびいていた。

それはどこにでもある、ごくありふれた風景なのだが、私はなぜかほのぼのと幸せな気持ちになった。その家の日常がその日も変わらず営まれている象徴のように思われたし、きっちりとした生活の証《あかし》のようでもあった。束の間の「旅人」の私は、その家の主婦である女性の日々を思い、人の暮らしの決して華々《はなばな》しくはない中にある、素朴な幸せというようなものを、その白く光る洗濯物からしみじみと感じていた。

カツオを下ろす

雨上がりの五月の上野の森は、うっそうと繁った緑に覆《おお》われてひんやりとした空気が漂《ただよ》っていた。新聞で紹介されていた「山田かまち」展を見に行こうという夫の提案で、私たちは「上野の森美術館」にいった。

　絵画展の後、公園内のレストランで昼食を取り、帰りにアメ横に寄ろうということになった。夫も私も市場を見るのは好きで、築地場外市場へもたまに出かけるし、旅先でも車を止めることがある。それは市場の活気と独特の気軽さが開放感を与えてくれるからかも知れない。その日、頭にあったことは、良いものがあれば旬《しゅん》のカツオでも買おうかということだった。

　アメ横の商店街に入ると早速、魚屋の店頭に大きなカツオを見つけた。「一本五百

円」という札がついている。まさかと思い更《さら》に歩いて行くと、そこも五百円、その斜め前の店では、少し小さめのが「三百円」と書いてある。どうやらそんな値がその日のカツオの相場らしい。夫はあまり安いので不審がって、「生では食べられないんじゃないの」と言う。そんなことはないと私は否定したが、それにしてもあまり安いので、一軒の店で、ちょっと無愛想なおじさんに、「これ生で食べられるの」と聞いた。バカなことを聞く客と思ったか、「あたりまえのコンコンチキ」と言われてしまった。「それは失礼しました」と言うと、彼は笑って一本を包んでくれた。

大きなカツオを提げて地下鉄で帰って来た。夫は近頃休みの日には、包丁を持ちたがる。普段《ふだん》の仕事では使わない能力が要求されるので、脳が活性化してリフレッシュできるという。こんな大きなカツオを下ろすのはもちろん、初めてのことだが是非《ぜひ》やりたいというので、してもらうことにした。頭の落とし方、内臓の出し方、三枚下ろし、とそこまではうまくいった。つぎにサクにするところで、私が口頭で説明しただけだったので、気がつくと腹骨はきれいに取られていたが、身の部分はボロボロになっていた。その部分は切り取らなくてはいけないのだが、夫は骨だけなくなればいいと思った

カツオを下ろす

らしく、骨を手で引き抜いたのだった。

魚を三枚に下ろすと骨にかなり身がつくから、慣れない人は「もったいない」と思ってしまうのだろう。骨のついた部分はアラ煮にしたり、出し汁を取ったりするから、と私は夫に説明した。夫と二人でこんな事をしながら、私は幼い頃のことを思い出していた。

私が育ったのは三重県の伊勢で、車で二、三十分も走れば伊勢湾に行きつく。小さい頃家には毎日バイクに乗ったおじさんが、その日獲《と》れた魚を売りに来ていた。おばさんも二、三人来ていた。自転車やバイクで来る人もいたが、歩いて一、二時間もかけて魚や野菜を持ってくる人もいた。その人は、ちょうど吾が家に着く頃お昼どきになると、勝手口で持参のお弁当を広げることもあった。そのおばさんは時々採れたてのトマトを子供にくれた。少し甘みがあって水分たっぷりのその頃のトマトは、今ではなかなか味わえないものだ。

バイクのおじさんは大体お昼前に来るから、普段《ふだん》は会えなかったが、学校が休みの時は、私はおじさんの声を聞きつけると、すぐに外に出て行った。バイクの荷台には、氷を詰めた木箱が二段くらい積まれており、中にはまだ生きて動いているタコ、海老、穴子、カレイ、コチなどが目をむいていた。おじさんは母にその日お勧めの魚の説明をして、母が買った魚はおじさんが、木の蓋《ふた》をまな板にして手際《てぎわ》良くさばいていった。

私はそれを見るのが好きだった。中でも穴子をさばくのは子供の目には、魔法のようだった。穴子の頭に千枚通しのようなものを刺して固定し、細長いカミソリのような包丁でシューッと音をたてて、頭から尾の方向に身を開いていく。最後は、家の水道から小さい容器に少し水を入れ、まな板代わりの蓋を洗う。頭や骨、内臓は箱の隅にこじんまりと納められているのだった。

こんな作業を興味深く見ている私に、おじさんは時々小さい海老や雑魚《ざこ》をくれるのだった。すると私は、おじさんが帰るのを待って庭へ行き、空き缶などに木切れを入れて火をおこし、台所から醤油や砂糖をこっそり持ってきて、煮魚を作ったりした。そんなおままごとの調理では、もちろん煮魚は食べることなどできなかったが、私はそれで大満足だった。

こんなふうにして育ったせいか、魚の下ろし方を正式に習ったことはなくても、私は必要な時には魚を下ろす。そして、たまに大きな魚を一尾調理すると、周りに鱗《うろこ》を飛ばし、両手が生臭くなっても、いっぱしの料理人になったような気分になるのである。

そんな体験を夫もしただろうかと感想を聞くと、妻の指導の下だったから、そんな気分にはなれなかったという。彼の魚下ろしは、まだおままごとのようである。この次大きな魚を下ろす時には、どんな結果になろうとぐっと目をつむり、夫に全部してもらおうと私は思った。

夏

Summer

オプティミスティック・ライフ

一九九五年の六月末、梅雨の晴れ間の真夏のような昼下がり、渋谷の駅前を急ぎ足で歩いていた私は、ビルの壁面に掲げられた大きなテレビ画像に見入る人の多さに驚いた。

この光景は、私が幼かった一九五〇年代半ば、家庭にはまだテレビが普及していなかったため、電器屋さんの店先に人だかりが出来たというおぼろげな記憶を彷彿《ほうふつ》させるものだった。スクランブル交差点を、いつもならば青信号で吾先にと渡り始める人々のうちの二割ほどが、渡りもせずに釘付《くぎづ》けになって見ていた画面には、米大リーグのロサンゼルス・ドジャーズに入団した野茂《のも》英雄投手が登板している姿があった。

年明けから地震やサリン事件など暗いニュースが続いていた中で、日本人として単

オプティミスティック・ライフ

身、米球団で活躍する野茂投手の姿は、久々の明るい、爽《さわ》やかなニュースとして、人々に歓迎されたのである。

私はその時、英会話の教室に行くために急いでいた。その日の授業は、英字新聞の記事について話し合いをすることになっていた。記事の見出しには「オウム事件は日本人の心の不安の反映」と書いてあった。

アメリカ人の先生を囲み、阪神大震災、地下鉄サリン等のオウム関連の事件や、東京や大阪の知事選挙、一向に回復の兆《きざ》しの見えない日本経済等々、人々を驚かせる事件、暗い出来事が話題となった。私は、その会話をしながら、これらは全て本当にこの半年間に起こった事件なのかと、改めて驚いていた。

感想をお互いに言い合ったところで、英語の先生は私たちに質問した。

「皆さんの中で、去年よりも今年、今年よりも来年の方が良い年になると思っている人?」

私は何の疑いもなく「ハイ」と手を挙《あ》げた。ところが十人近くいた生徒の中で手を挙げたのは、私一人であった。一瞬の沈黙の後、先生は私の方を見ながら、

「こういう人のことを何と呼ぶのでしょう?」

と、また聞いた。

何人かの人が「オプティミスティック(楽観的)」と答えた。

「楽観的」といわれた私は、帰宅してからその理由を考えてみた。

予期せぬ出来事の続く中で、多くの人たちが未来を楽観視できないのは当然かもしれない。私とて、自分の未来が悲しみや苦しみの全くない、いつも楽しく嬉しい明るいことばかりの〝バラ色の世界〟だと考えているのではない。私にもこれまでに困難や不可能と思われることは幾度かあった。だから、そのようなことがまたあるかもしれないと思っている。ただ、どんなことがあったとしても、それらを乗り越えて、「昨日よりは今日、今日よりは明日が、より素晴しい日である」と信じられるのである。

この世の中の出来事は、良いことや悪いこと、また楽しいことや悲しいこと等様々《さまざま》である。それらに一喜《き》一憂《ゆう》し心を奪われていると、何とも心許《もと》ない人生となる。

私は飛行機の乗務員を十年近くしていた。地上がどんな嵐でも、暗雲たち込める荒天でも雲の上はいつも輝くばかりの青空なのである。そんなことはよく分かっているはずなのに、悪天候の時は、よく心を動揺させたものである。そして雲の上に出て、改めて空の青さに感動したことを思い出す。

こんな経験は、何が起こっても、いつも雲の上の青空のような明るさを信じて生きるオプティミスティックな生き方と通じるものがある。

不安な暗い出来事が続くと、それらをしっかり摑《つか》んでいないと、次に起こるかもしれない災難に対処できないと人は思いがちである。しかし本当は、不安感や悪い思い出を心から放ち去ることが、それらを再び寄せつけない秘訣なのである。

最期の献立

一九九六年の春、東京で七十七歳の母親と四十一歳の長男がアパートで餓死しているのが見つかった。「飽食《ほうしょく》の時代」と言われ、町には食べ物が溢《あふ》れ、デパートの食料品売場では、ありとあらゆる食品が売られているこの豊かな日本の中で、このような悲しい出来事が何故起こるのか、誰もが驚き疑問に思ったことだろう。この親子は生活保護を受けることもできたのだが、母親のプライドと孤立感がそれを拒み、又大都会の無関心がこの悲劇の一つの原因だったとも言われている。もちろん行政側の落ち度も指摘されている。

産経新聞の料理面に「おいしいエッセー」というコーナーがある。そこには毎週異なった作家が登場し、月曜から木曜まで自分の食にまつわるエピソードを紹介する。

そして最終日の木曜日には「最後の晩餐《ばんさん》」というテーマが与えられる。それは明日死ぬと分かっている日の夕食に、何を食べたいかを書くのだ。作家がその豊かな想像力を駆使しての最後の晩餐は実に様々である。世界の珍味を並べたてる人もいれば、ごく当り前の日本食だが、その材料に厳しい注文をつける人もいる。選ばれたこの世の最後の食事からは、その人自身の気質、生きる姿勢のようなものをうかがい知ることができる。

七月の第一週にはそのコーナーに、タゴール暎子《えいこ》さんが登場した。私はもう十年以上も前に彼女の『嫁してインドに生きる』という本を読んだことがある。彼女はその名が示すように、タゴール家に嫁《とつ》いだ日本人である。この家は、インドの詩聖ラビンドラナート・タゴール他、多数の芸術家、文化人、政治家等を輩出《はいしゅつ》し、インドのベンガル地方でも屈指の由緒《ゆいしょ》ある家柄である。

キリスト教のバックグラウンドを持つ日本人の彼女が、インドの伝統ある家に嫁ぎ、大家族の中で、日常生活の細部にまでヒンドゥー教の影響が染み込んでいる暮らしを、いかに受けとめ生きていったかが大変興味深く、私は一気にその本を読み終えたのを

最期の献立

覚えている。

さて、彼女の「最後の晩餐」は次のようなものだ――

「世の中には文字通り苦しい最後の晩餐を経験した人々も多いであろう。中でもお国のためにと戦争に駆り出されていった大勢の青年学徒たち、陸軍航空基地を飛び立って、激戦地、沖縄の海を目指した特攻隊員たち。鹿児島県知覧《ちらん》出身の母から聞いた彼らの話を私は五十年経った今も忘れない。死出の晩餐は恐らく白いご飯が最高のご馳《ち》走《そう》ではなかったか。二度とあるまじきこの悲しい食卓を思うにつけ、飽食の時代を生きる自分の終わりの晩餐をあれこれ選ぶのは申しわけない気がする。ただ、長年一緒だった夫に孫子達を加え、気持ち良く最後のテーブルを囲めたらうれしい。」

私は彼女の願う最後の晩餐をとても好もしく、さわやかなものと思った。

私も幼い頃両親から、戦争中の物の無かった時代の話を聞かされた。そして、今の自分たちはいかに幸せか感謝しなければいけないと言われた。食卓でそんな話題になると私は、「また始まった」と、うっとうしく思ったものである。しかし私も又、子供たちが皆小学生だった頃、好き嫌いを口にしたりすると、世界中には多くの飢《う》えに苦しむ人々がいることを話した。

明暗織《お》りなすこの世界で、私は幸いにもこれまで飢えやひもじさを経験したことはない。恐らく戦後生まれの多くの人はそうであろう。豊かにものがあるのは当り前と思って生きている。

東京で餓死《がし》した親子の話は、だからなおさら衝撃を与えた。しかし問題は過疎《かそ》の村でなく、人口集中の東京で親子が危機的状況にあったことに、誰も気づかなかったということだ。それは電車の中でお年寄りが立っていてもマンガを読みながら平気で座っている若者の神経に通じるものがある。多く恵まれているが故に、その価値が感じられず、又他人を思いやる心が育まれないのは、悲しいことである。

そしてこのような事件は、私たちが本来持っている隣人への愛や感謝の心を、お互いにもっともっと引き出さねばならないことを感じさせてくれる。

香港と中国

一九九七年六月三十日、英国の植民地・香港は、その百五十五年におよぶ歴史に幕を閉じた。そして翌七月一日午前零時、香港は祖国に復帰し、中国・香港特別行政区が誕生した。

ＮＨＫ衛星放送で私が毎朝見ているアメリカのＡＢＣニュースは、アンカーマンのピーター・ジェニングスを香港に派遣し、その日のニュースを香港からの中継で放送した。返還式典、英国兵士の最後の儀礼、香港特区の成立式と臨時立法会の初議会、広東省深圳《しんせん》から新界地区に続々と入ってくる人民解放軍、それらの映像のあとで、アンカーマン氏は「グッド・イブニング・フロム・チャイナ」と挨拶した。香港が中国に復帰したという歴史の事実をあざやかに感じさせる一言だった。

香港と中国

香港は、私がかつて航空会社に勤めていた頃は、ホノルルと並びもっともよく訪れた街《まち》で、香港へ行くのは、隣町《となりまち》にちょっと出掛けるという気軽さだった。香港ではまず中国料理を食べ、隣町の気楽さから中国料理の材料の買い出しや、安くて品質の良い中国製のレースや刺しゅうのほどこされたクロス類、そしてトワイニングの紅茶等を買って来るのが常だった。だからあの活気に満ちた、懐《ふところ》の深いそしてどこかあやしげな混沌《こんとん》とした街は、いつまでも英領香港としてその他に例を見ない街であり続けるのだと漠然《ばくぜん》と思っていた。それが、一九八四年の中英共同宣言によって、中国に返還されると聞いた時は驚いた。

社会主義・中国と自由貿易港・香港の差はあまりに大きく、両者の間には埋めがたい溝があると思えたからだ。しかしもともと、アヘン戦争によって奪われた国土が、当事国の成熟した関係により返還されるというのは、当然のことである。百五十五年といえば、平均寿命の延びた現在でも、数世代の時間の経過があるから、香港が中国領だった時代を知っている人はもちろんいない。しかし香港に住む中国人のほとんどは大陸出身者で、父祖の地中国への思いには並々ならぬものがあるようだ。

一九七二年、日本と中国が国交を回復し、その後日本から中国に定期便が飛ぶようになった時、私は一番機に乗務した。大阪・上海を経由して到着した北京では、華やかな歓迎式典が行なわれた。それ以前にも、私は二、三度臨時の特別便で北京の空港に行ったことがある。町までは行かなかったが、私たちは北京空港では〝お客様〟だった。「中国式熱烈歓迎」とでも言おうか、私たちは空港のお偉方によって特別の部屋に通されて、中国料理をふるまわれた。そのようなことはもちろん、他の土地ではそれまで一度も経験したことはなかった。香港の中国料理の味に慣れている私たちには、そこで出された料理は、めりはりのない、ぼんやりしたものに思われた。中国料理と一口に言っても地方によって千差万別だから、そのように比べること自体おかしいのだが、その歴然とした違いが、あたかも資本主義と共産主義の象徴のようにも思われた。空港ロビーの壁面に掲げられた、毛沢東のとても大きな写真か肖像画も、その国の特殊な体制を表わしていた。ところが、その後の中国の変貌は目を見張るばかりである。

私は一九九五年、一国二制度のモデル地区と言われる中国の経済特別区・深圳を訪れたが、香港とさほど変わらない印象を受けた。社会主義・中国の片鱗《へんりん》をどこかにかい間見ることはできないかと注意深く目をこらしたが、それを見出すことはできなかった。

私は自分がかつて訪れた国や街、そこに暮らす人々のことを思う時、妙に元気が出て来ることがある。この思いはどこから来るのかと考えると、やはりそれは多様さではないかと思う。同じ人間でありながら、目や肌や髪の色はもちろん、言葉、文化、習慣、宗教も違う。それらの違いは、ともすれば色々な衝突の原因のように思われることがあるが、私はそれは豊かさの現れだと思う。地球上の人類のその多様さは、人間の内にある無限の可能性の展開ではないのだろうか。だからこそ、多民族が一緒に暮らす香港やニューヨークは、色々な問題を抱えながらも、エネルギッシュで魅力的な街になっている。

香港の一国二制度の行方は、世界中が見つめているが、返還後も英国支配下に育った多様で自由な経済基盤が損なわれることなく発展してほしい。

香港返還のニュースをテレビで見ながら、これから訪れる二十一世紀が、地球上の人々が、お互いの多様性を祝福しあえるような世界になっていくことを、私は強く願った。

抱卵

春から夏にかけて、庭のあちこちから雛《ひな》の鳴き声が聞こえて来る。今年もスズメやヒヨドリ、カラス等の雛がかえったのだろう。鳥たちが子育てに忙しい時期である。親鳥たちは、何処から得た智恵なのだろうか。実に巧みに外敵から雛を守れる安全な場所に巣を作る。

シジュウカラが庭に置いてある陶器の椅子《いす》に開いた小さな穴を出たり入ったりしていたのは、四月の末だった。その規則的な行動から、明らかに椅子の中で卵を温めているか、雛を育てているに違いなかった。よくあんな狭《せま》い所を出入りするものだと思うが、スズメより少し小型の彼らにとって、あれ程《ほど》安全な所はないのだろう。カラスが入れるはずはないし、庭をうろついている野良猫《のらねこ》たちも、陶製の重い椅子をひっくり

返すことはできない。

キウイの棚《たな》にも昨年は、キジバトが三回も子育てを試みた。が、成功したのは一回だけだった。これには悲しいエピソードがある。キウイは新緑の頃から夏にかけて、大変な勢いでつるを伸ばし、葉を繁らせる。切らずにおくとまるでジャングルのようになる。その葉で暗くおおわれ、つるが何本も交差した安定の良さそうな所に、六月半ばキジバトがくちばしにせっせと細い木の枝をくわえて運んで来るようになった。やがて巣らしきものができた数日後、キジバトはその上に座って動かなくなった。私たち家族はそんな身近かに鳥が卵を温めるのを見るのは初めてだったから、ワクワクしながら毎日眺めていた。気がかりだったのは、連日のようにキウイの回りをうろついている野良猫の事だった。

キジバトが卵の上に座って一週間ばかりたったある日の夜だった。家族の者が本や新聞等を読んで静かに過ごしていた時、突然リビングに続くサンルームの屋根にドサッと何かが落ちたような音がした。全員すぐにそれが猫だと分かり、音のした方にかけ寄った。しかし辺《あた》りは何事もなかったように静まり返っている。私はすぐ懐中電灯

抱卵

を持ってきて巣を照らした。一瞬、そこに白い大きな鳩がいると思ったが、すぐにそれが猫であると分かった。私は大声を張り上げ、猫は棚から跳《と》び降りて逃げた。

猫がサンルームの屋根に登ったのは、これが初めてではない。しかし、そのためには、まずサンルームのすぐ前の紅梅の木に登り、そこからサンルームの屋根に跳び移る。今回は、その屋根から、隣りのキウイ棚に跳んだに違いない。夫は、猫が紅梅の木に登れないようにすればいいと考えた。そして、その夜九時も過ぎた真暗な庭で、キャンプ用のヘッドランプを頭につけて、蚊にさされながら二一～三十分かけて、ビニールひもを紅梅の木の枝にクモの巣のように張りめぐらした。

翌朝庭に出てみると、キジバトの卵が一つ地面に落ちて割れていた。ところが木の上の巣では、親鳥が何事もなかったように座っていたのだ。残った卵を温めていることが分って、私は安堵《あんど》した。その日の夜、十二時過ぎ、私はまたドサッという音で二階の寝室で目を覚ました。寝室のベランダのすぐ下はサンルームになっている。私は窓を開けようとしたが、目をさましていた夫が、「今は僕たちには何もできないよ」というので、気にはなったが、再びベッドに入った。こうしてキジバトの子育ては失敗した。

それから三週間程して、また同じ所でキジバトが卵を温め始めた。私は鳥に「どうして同じ所で卵を温めるの。この前あんな目にあったのに」と話しかけた。夫はビニールひもでは効果がなかったので、猫の木登りを防ぐために「キャット・ストップ」という簡単な器具を考え出した。それはほぼ正方形の板を半分に切り、その二枚で紅梅の木の太い枝を挟むために半円形の穴を開けたものだ。これを猫が登る枝に挟むと、そこから先へ進むためには、猫が危険を感じると考えたらしい。

この器具が効果的だったのか、あるいは葉がよく繁って鳩の姿が猫の目にふれなかったのか、二度目の子育ては成功した。二羽の小鳩は二週間程で、どちらが親か子か判別つかない程成長し、やがて巣から広い世界へ飛び立っていった。

毎年初夏になると、目覚めと共に聞く雛たちのにぎやかな声に、私は生命の生々とした動きを感じ、自然の営みの豊かさを覚えていた。しかし鳩の子育てを身近かに見てからは、自然界で生きるもの達の厳しさと切なさを教えられた。そして彼らに対する私の理解は、少し深まったように思う。

東北にキリストを訪ねて

雲海の中を抜けて飛行機は、予定通り青森空港に着陸した。

一九九八年の七月末、夫と私は、青森へ二泊三日の旅をした。夫はその一年程前から青森へ行こうとしきりに私を誘った。そもそもの起こりは、青森の人から「キリストの墓」の存在を知らされて、それに興味を持ったらしい。現実離れした話に懐疑《かいぎ》的だった私は、それでも日本に唯一あるという「キリストの墓」なるものを見ておくのも悪くないだろうと、軽い気持ちで出かけた。

「キリストの墓」は、十和田湖畔から車で一時間ばかりの青森県の新郷村《しんごうむら》という所にある。夫はそれを、遠く江戸時代に関西地方から東北に逃れた、隠れキリシタンの人々の深い信仰心の所産ではないか、と想像したようだった。

東北にキリストを訪ねて

青森空港から、私たちはレンタカーで東北自動車道を南下した。碇ヶ関《いかり》で高速道路を降りると、樹海道路を十和田湖まで走った。さらに霧の中の山道を越え、広い田畑が広がる集落に出た。

その頃からようやく「キリストの墓」の方向を示す表示が見え始めた。日本の田舎が深刻な過疎化に悩んでいることが一目で理解できる、ひっそりとした村の様子だ。北国でよく見かける二重玄関の家も目につく。そしていよいよキリストの墓があるという所に着いた。

それまでの素朴な村の様子と違い、美しく整備されている。地面にはレンガが敷きつめられ、「キリストの墓公園」と名づけられた周囲には、色鮮かな夏の花々が植えられている。そこは信仰の場所というよりも、展示館のような奇妙に人工的な空間だった。疑いながらも、「キリストの墓」は何らかの形で、地元の人々の信仰の対象なのかもしれないと思っていた私も、それが全くの見当違いだったことを了解した。

翌日私たちは十和田湖を一周し、奥入瀬《おいらせ》渓流で半日過ごし、午後は弘前《ひろさき》の二つの教会を訪ねた。

弘前カトリック教会は、一九一〇（明治四十三）年建造で、尖塔《せんとう》のあるロマネスク様式の木造モルタル造りである。夫は教会の前ですぐスケッチを始めたが、私は教会の回りや司祭館の前庭にあるマリア像等を見ていた。その時司祭館のドアが開き、中から半ズボンにポロシャツ姿でヘルメットを被《かぶ》った外国人の神父が出て来られた。私が軽く会釈《えしゃく》すると「どちらからいらっしゃいましたか」と流暢《りゅうちょう》な日本語で尋《たず》ねられた。「東京から来ました」と答えると、神父は「中をご覧になりましたか。外は大した事ないですよ。どうぞ中に入って下さい」とおっしゃって、オートバイに乗って出かけていかれた。

外国人の神父を予想していなかった私は、少し驚いたが、神父の身なり、言葉遣い等、すっかりこの地になじんでおられる様子が窺《うかが》えた。

カトリックの教会に入るのは、久し振りだった。歴史を感じさせる祭壇は、オランダの古い教会から運ばれたもので、一八六六年に完成されたものだという。壁には、キリストがはりつけにされた時の物語の絵が飾られていた。その時、私は四～五歳の頃通っていた、幼稚園の保育室の壁にも同じような絵が飾られていたのを思い出した。

お昼寝の時間、横になると、必ずそれらの絵が目に入るのだった。幼い私は、毎日どのような気持ちでこれらの悲惨な絵を見ていたのだろうと思った。

カトリック教会から数分の所に、プロテスタント系の日本キリスト教団弘前教会がある。ガイドブックには、この教会の見学は事前の予約が必要と書いてあった。私たちが訪ねていった時、恰度《ちょうど》五十歳前後の夫婦が来て中に入っていかれた。しばらくして奥様だけが出て来られ、「中を見学しませんか」と私に声をかけて下さった。全く予期せぬ申し出だったが、私は喜んで見学させてもらった。

この教会は、一九〇七（明治四十）年建造で、双塔ゴシック様式の重厚な木造二階建ての内部は、プロテスタントの教会らしく、キリストやマリア像は何もない。長年月磨《みが》き込まれた演壇の上には、竹製のひしゃく型の献金のための容れ物が五〜六個、放射状に整然と並べられていた。子供たちが通っていた小学校も、プロテスタント系で、礼拝堂は正面に十字架があるだけの簡素なものだ。その礼拝堂と同じ雰囲気が、この教会にもあった。

弘前で二つの教会を訪ねて、私は幼い時の体験を喚《よ》び覚まされ、キリスト教が古い時代からこの地だけでなく、全国に根づいて、人々の暮らしと密接に関って来たことを改めて知った。ほんの数時間を過ごした弘前の町だったが、思いがけない人との心の交流により、印象に残る町となった。そして人の心を打つものは、仰々《ぎょうぎょう》しい伝説や、外見上の美しさではなく、営々とした日常の営みの中で示される、さりげない善意の言葉や行ないなのだと思った。キリストに導かれた東北の旅だった。

不思議の島

窓の外に島がいくつか見えてきた。飛行機は、東京から約四十分で行ける島の上空までできていた。

一九九九年私は夫とともに噴火前の伊豆諸島の一つ、三宅島を訪れた。夫の休日を利用しての、日帰り旅行なのだった。周囲約三三キロメートルのこの島は、調べてみると過去に何度も噴火を繰り返し、他の島では見られない独特の自然の様《さま》を見ることが出来るそうだ。

時間節約のため、私達はレンタカーで島を回った。

島の中心にそびえる雄山《おやま》は複式成層火山で、八合目までは車で行くことが出来る。頂上まで歩いてもそれほど大変でもなさそうなので、まずはそこに行くことにした。車

不思議の島

から降りた登山道の入り口には、杖が何本か立てかけてあった。私たちはそれを借りて歩き始めた。野バラや野イチゴの木が多く見られる道は、どこにでもある日本の普通の山道だった。ところが十分ばかり登り坂を行くと急に視界が開けて、真っ黒な溶岩で覆《おお》われた地表と、そのまわりに少しずつ植物が成長し始めている緑の山肌が見渡せた。そこからの登山道は溶岩で、黒い砂粒くらいの中に小石大のごろごろしたのが混じっていて、歩くと砂漠のように、ズルズルと足を取られる。杖が置いてあった理由がわかった。滑《すべ》り落ちないように杖を持つ手に力を入れて、やっと頂上にたどりついた。

頂上からは、三六〇度の視界に海が広がり、その内側に赤みを帯びた溶岩の山肌と、様々な種類の緑に覆われた地表だけが見え、人影はどこにもない。時折野鳥の鳴き声と虫の羽音《はおと》が聞こえるだけなのだ。一瞬、太平洋に浮かぶ無人島にいるような錯覚を覚えた。

昨日溶岩が流れたばかりと思えるような荒涼とした溶岩原と、様々な植物が少しずつ成長している緑の広がりのコントラストは、自然の力の脅威と、またその生命力の強さを語り、私の脳裏には月に降りた宇宙飛行士の経験した月面体験のことが思い浮かんだ。

アポロ十五号で月に降りたジム・アーウィンは、月の印象について「そこには命のかけらも観察することができない。生命の色である青も緑もない。生命という観点からは全くの無である。完璧《かんぺき》な不毛としかいいようがない。人を身ぶるいさせるほど荒涼索漠《さくばく》としている。しかし、それにもかかわらず、人を打ちのめすような荘厳さ、美しさがあった。」と語っている。緑の地球に生きる私には、このアーウィンの言葉が今一つ実感としてわからなかった。しかしこの島で、触れれば手にその色が付きそうな、漆黒の台地を目にし、もしこの島全体が黒い溶岩だけに覆われていて一木一草もなかったとしたら、それはきっとアーウィンの体験した月に近いかもしれないと、私は想像した。

夫がスケッチを始めたので、私も溶岩台地に新聞を広げて座り、本を読み始めた。そのうち、吹いている風は冷たいのに、お風呂に入っているような熱気を体の下方から感じた。なぜだろうと不思議に思いながら、ふと地面に手をおくと、熱いのだ。

「そうだ、ここは活火山なのだ」

そう思ったら急に怖くなってきた。

昼食後はサタドー岬という奇妙な名前の岬に行った。「サタドー」とはヒンドゥー語で「地獄」という意味だという。小さな岬だが、切り立った二〇〜三〇メートルの断崖に砕《くだ》ける波の荒さはすさまじく、その名がついたらしい。

大きな溶岩のゴツゴツした岩場を転ばないように気をつけて歩き、岬の突端にコンクリートで作られた二メートル四方ほどの平らな場所まで登って、私は息を呑《の》んだ。眼下の断崖絶壁は、波が砕けて白いしぶきを上げ、海は深い色をたたえていた。そこから海に向かって左手に少し離れて、昭和の二度の噴火時の溶岩流が重なって流れたという、赤黒い台地が海の際まで続き、その突端は鉤《かぎ》の手のような形に切り立っていた。さらに中間あたりにはクレーターのような窪《くぼ》みがあり、その台地からサタドー岬までは、真っ黒な海岸線が連なっている。そこから山の斜面に登って行くにしたがって緑が濃くなっていた。「ここは火星だ」と感嘆したように夫は言った。一度も火星に行ったことも見たこともないのに、私は夫の言葉になぜか同意していた。

漠然《ばくぜん》と「のどかな南の島だろう」と思って来た三宅島だったが、実際に歩いてみると、地球が生きて活動している証《あかし》を随所に見ることができた。私は密《ひそ》かに、宇宙空間から地球を見てみたいと、かなわぬ夢を描いている。それと比べられるものではないが、そんな遠くのものに憧《あこが》れなくても、目の前に宇宙の神秘はいっぱい隠されているよと、この島は私に教えてくれているようだ。

エッグベネディクト

「エッグベネディクトの誘惑」――夫はかつてアメリカの朝食についてそんなことを言った。それはエッグベネディクトが、ハイカロリーのボリュームのある食事にもかかわらず、その美味に負けて注文してしまうからだ。

これは、アメリカではポピュラーな朝食で、一流ホテルではもちろん、街角のカジュアルなレストランでも大抵メニューにのっている。ところが日本では、相当名の通ったホテルでも洋朝食のメニューに出ていることはめったにない。

簡単に説明すると、形はハンバーガーのオープンサンド版とでもいえば、分かりやすいかも知れない。イングリッシュ・マフィンを横半分に切ってトーストし、その上にカナディアン・ベーコンかロースハムとポーチドエッグ（落とし卵）をのせてオランデ

エッグベネディクト

ーズソースをかけたものだ。とても美味《おい》しそうだけれど、またかなりのしつこさが想像できると思う。それが一個ではなく二個出てくるのだ。

エッグベネディクトに代表されるように、アメリカの朝食は大変なボリュームだ。オムレツも卵三個で作られるし、パンケーキやフレンチトーストは日本の二人分は出てくる。

そんな事を考えて、一九九九年の七月末サンフランシスコへ行った時、私はなるべく少なく朝の食事を頼んだつもりだった。ある日の朝食ではまずフレンチトーストの半人前というのを注文し、それだけでは、栄養のバランスが良くないから、じゃがいもの炒《いた》めたものを頼んだ。それが間違いだった。日本で付け合せのじゃがいもと言えば、半個分くらいがお皿の端にのせられてくる。ところがその時のじゃがいもは、二、三個分がドーンとお皿いっぱいに盛られてきた。それを見て、私はまだアメリカの食事を甘くみていたと、反省した。

夫はいろいろ考えて、やはりエッグベネディクトを注文した。もっともそのレストランには、ベジタリアン・エッグベネディクトというのがあったので、それを注文すると、カナディアン・ベーコンの替わりに、ほうれんそうとトマトののったものが運ばれてきた。そしてかたわらには、やはり大量のじゃがいもが添《そ》えられていたのだ。

「ぼくのだけで、充分だったね」

じゃがいもの山を見て、夫は言った。残さないようにと努力しても、到底食べきれる量ではない。

こんな感じで食事をして、通りに出ると、そこにはホームレスの人がいるのだ。サンフランシスコの街に、いつからこんなに多くのホームレスがいるようになったのか知らないが、ある地域はホームレスの溜《た》まり場のようになっている。そこには近づかないようにいわれたが、そこ以外でもホテルやデパートが軒《のき》を連ねる「ユニオンスクエア」という賑《にぎ》やかな一角にも、ホームレスはいる。私たちの泊まったホテルも、その辺りだったから、どこへ行くにも沢山のホームレスを見ることになる。

私は普段《ふだん》ホームレスに対して、そんなに理解があるわけではない。だが数分前には、有り余るほどの食事と、それを享受《きょうじゅ》する人々に囲まれていた。そしてまわりを見廻すと、体の厚みが私の二倍か三倍はある人が珍しくない。そして今、目の前には痩《や》せ衰えた、中にはエイズ患者と思われる人もいる。道行く人の多くは、一見何も見えないようにサッサと歩いていくが、中には小銭をあげている人もいる。私はそういう人たちに悉《ことごと》く反応し観察していた。この街ではこれが避けて通れない現実としてあるのだ。天国と地獄がドア一つ隔てて共存する社会、と言っては言いすぎだろうか。

かつてこの街は、アメリカで最も美しい街と言われていた。十九世紀に建てられた瀟洒《しょうしゃ》な木造のヴィクトリア調の家屋が続く坂道や、地中海を思わせる青い海辺はまだ残っていたから、今もそれに変わりはないのかも知れない。しかし、その風景と、あまりに多くのホームレスの存在は、強烈なコントラストに感じられる。

豊かさや美しさの背後に、これほどの数のホームレスを生み出さねばならない社会について、私は首をかしげずにはいられなかった。

リヤカーを引く

一九九九年の夏はほとんどクーラーを使わずに、扇風機で暑さを凌《しの》いだ。かといって東京が涼しかったわけではなく、東日本は、酷暑というに相応《ふさわ》しい暑さだった。北海道でも三十度を超える日が何日もあったようだ。それにもかかわらず、我慢大会のようにして過ごしたのは、一度クーラーの心地良さを経験してしまうと、ズルズルと安易な方に傾くのを警戒したのと、それによって感じる一種の後ろめたさのようなものから逃《のが》れたかったから、とでも言えばいいだろうか。

九月になって、夜風が頬《ほほ》に心地よく感じられるようになり、庭から聞こえてくる蝉の声も、暑さに拍車をかけるような五月蝿《うるさ》さから、命を惜しむような弱々しいものに変わり、ヒグラシやツクツクボウシの声が爽《さわ》やかな風と共に耳に届くと、「ああなんと良い季節になった事か」としみじみと有り難くなる。その感動は、クーラーなしで夏を過ごした者には格別だ。

それでなくても私は年々、季節の変化を敏感に感じるようになり、それぞれの季節を楽しみに迎え、過ごせるようになった。美しい秋も、厳しい寒さの冬も、その時にしか味わえない諸々《もろもろ》を、いとおしむ気持ちが湧いてくるのだ。

四十代でまだ自分の人生を振り返る年齢ではないが、そのように思えるのも、十代、二十代の頃よりは、少しは経験を積んだということかも知れない。時間が永遠に続くように思っていた若い日は、とりたてすることがなく時間がたっぷりあったにもかかわらず、季節の変化をそれほどに感じることはなかった。反対に、今の私の方が多忙であるにもかかわらず、それらを感じるようになったのは、何故《なぜ》だろう。

先日の新聞にこんな記事が出ていた。新潟市の中心部、信濃川《しなのがわ》にかかる万代橋《ばんだいばし》に、毎朝七時過ぎ、魚の入った箱が山と積まれたリヤカーを引く女性がいるという。彼女の姿を目に留めたのは、五十歳の男性で、彼は三、四十代の頃も、毎朝その橋を渡り、

リヤカーを引く

女性の姿を見ていたが、当時は特に、気にも留めなかったという。ところがその後、首都圏での単身赴任《ふにん》を経験し、その間、年老いた親の世話をする必要に迫られ、故郷新潟に戻ることを希望した。ところが会社から提示された条件は、子会社への出向という、片道切符だった。それを受け入れ、七年ぶりに新潟に戻ったその春、以前と同じ時刻に同じ姿勢で、橋を渡る彼女の姿を見た瞬間、感動が突き上げてきたそうだ。

「必要以上に金をもうけることや、他人と競争することとは無縁に働く姿を、美しいと思った。働くことの本当の意味を語っているような気がした。」

七十八歳のその女性は、大酒飲みの夫との、平坦《へいたん》ではない人生を歩んできて、四十年に及ぶ魚の行商に明け暮れたすえ、今ようやく何の心配も無い、心静かな時を過ごしているという。

十年前には、この男性の心に、老女の姿から感じるものは何もなかった。一方、この女性の胸の中には、煮えくりかえるような夫への激しい感情があったという。しかし夫が死に、それがもう過去のものとなった時、同じ行商の後姿であっても、一人の男性を感動させる力をもっていた。

まったく他人同士の、こんなさりげない出会いによって、人生に光が差すことがあるのは素敵なことだ。人は自分で気がつかないところで、他の人の生き方に影響を与えていることもあるのだろう。

年齢を重ねることが、何かマイナスのことのように言われたり、思われたりする傾向にあるが、私は七十代、八十代あるいは九十歳を越えて、元気に活躍している普通の人たちのことを、本や雑誌で読んだり、見たりするのが好きだ。どの人の人生も、一つの小説を読むように興味深い。長い航路の途中では嵐の吹く日や、乗っている船が難破しそうなこともある。が、それらをバネにして、確固とした一人一人の個性ある軌跡《きせき》を描いている。これらの人々の人生からは、生きることの真実の何かが私に伝わってきて、勇気や希望、励まし等が与えられたような気がするのだ。

ビワの木

六月下旬、わが家の庭のビワの木が、黄色の実を二百個以上もつけた。食事をするサンルームからそれを見ると、ちょうど同じ時期に花をつけた紫や空色のアジサイのボールのような花々と調和し、濃い薄い緑色の葉の間から抜き出た黄金の果実のように見え、見ているだけで、私の心を豊かにさせる。この木が、こんなに多くの実をつけたのは初めてのことだった。

このビワの木は、種から育てたものだ。長男がまだ小学校の低学年の頃、いただきもののビワの実がとてもおいしく、その水気の多い芳醇《ほうじゅん》な果肉の中から顔を出す、大きな艶《つや》やかな種を見ながら、「おいしい実がいっぱいできたらいい」と半ば夢想しながら、植木鉢に土を入れた。子供たちは、小さい手と指でその土に穴を開け、種を埋

ビワの木

めた。

　ビワの木の成長は早い。黒い土からまもなく芽が出て、双葉が開き、本葉が伸び、順調に生育していった。二年後には植木鉢が小さくなったので、地植えすることにした。わが家の庭は広さはあるが、古くからの木がみんな大きく伸びていて、日当たりの良い場所はあまり残っていなかった。そこで仕方なく、モクレンとハゼの木に挟まれた日当たりの悪い場所に植えることにした。ビワの木が大きく成長することは、もう期待せずに。

　最初の数年は、ビワの木はひょろひょろと伸びた。風が強い日には、倒れやしないかと思うほどだった。ところが六、七年たつと急に大きく枝葉を広げ、上背も伸びて、日照にもやっと手が届くようになったのかもしれない。そして、三年前には初めて実をつけた。とはいっても、ほんの十数個の小さい実ができただけだ。去年も同じくらいの数が実った。夏の間はほとんど日が当たらず、ビワにとっては気の毒な場所なのだから、これからもその程度の実しかつけないだろうと思っていた。

　ところが、まだ寒い二月頃、家事の合間にふと庭を見た私は、その木が茶褐色の蕾《つぼみ》を一面につけているのを発見した。落葉樹の多い庭は、秋から冬にはたっぷりと陽が当たる。モクレンもハゼも紅葉して葉を落とし、あとは裸になる。短い間ではあるが、その間に太陽の恵みを沢山《たくさん》取り込んだのかもしれない。そして、ビワの木は、春にはくすんだ色の硬い小さい実をいっぱいつけていた。そして、初夏には、アジサイやクチナシの花より一段高い木の上で、濃い黄色の実の姿になった。それは、私には「たわわ」と表現するのに相応《ふさわ》しい姿だった。

その姿を見て、私は家の近くにある保育園の園庭のビワの木を思い出した。ここの木は、二階建ての屋根に届くほど成長し、枝を大きく広げている。まわりに高い建物もなく、日当たりが良いので、毎年沢山の実をつける。その下では園児たちが賑《にぎ》やかに遊んでいるから、ビワの実を収穫すれば、幼児にとても楽しい記憶を与えるに違いないと、私はよく思っていた。ところが、ビワのなる季節に保育園の横を通っても、鈴なりになった黄色の実は一向《いっこう》に採《と》られた気配はなく、やがて熟《う》れ切った実が次々に地面に落ちて、いつのまにか消えてしまう。庭になったビワなど、肥料を与えていなければ、果物店で売っているもののように甘くはないかもしれない。また高い木の上の実を採ることは、面倒で危険なことなのかもしれない。しかし、私の住む原宿のような都会の真中で育つ子供たちに、自然の恵みと直接接する機会が目の前にあるのに、と私は勝手に心を回してしまうのだった。

でも、そんな心配は、自分の庭になった黄色の実を見ていると、忘れてしまいそうだった。そのビワが食べごろを迎えた時、私はいそいそと実を採りにいった。しかし手で採れる高さにあるのは少しだけで、木の上の方に色づいた実が沢山ついていた。欲張りな私は、ちょうど庭の手入れに来ていた植木屋さんに頼んで、それを採ってもらった。

球根や苗を買ってきて自分で植えた植物が花を咲かせると、それは色鮮《あざ》やかに美しく、華《はな》やいだ気分になる。それに比べ、七、八年もかけてやっと育った木が、果実をつける時、それはどんなにささやかな量であっても、人を豊かな気持ちにさせる。そして不思議なことに、それらを収穫するときそれとは裏腹な慎《つつ》ましい気持ちを、私は心の何処《どこ》かに感じていた。それは多分自分たちの手で植えたものを、自らの手で収穫したことから来ていると思う。

労することなく何でも手に入れることのできる生活の、有り難くはあってもその不確かさを、普段は意識していないのだが、木の実を収穫するという行為は、自分の手で大げさに言えば「糧《かて》を得た」という実感が、直《じか》に伝わって来る。すると人が生きる為に命を支える物を得るという行為の困難さを理解するから、そんな謙虚な気持ちが湧いてくるのだろう。

日陰になった枇杷《びわ》はそんなに美味しいというものではなかったが、私に収穫の喜びを味わわせてくれた。

心配な母

「快速を高尾で降りて、中央線の普通列車で大月まで行って、そこでまた河口湖行きに乗りかえるの、分かる?　大丈夫?　分からない時は駅員さんに聞きなさい」

娘への言葉がやや強圧的なのが、私は自分でも分かった。彼女の行く河口湖までの道のりが、とてつもなく遠い所のように感じられたからだった。

「大丈夫よ、心配しなくても」

新宿駅の喧騒《けんそう》の中で、大きなボストンバッグを背負った娘は、母親の助言をややうっとうしそうな顔で聞いていたが、まもなく自動改札機を通って人ごみの中に消えていった。

心配な母

その日は、娘のピアノの発表会があった。そして、高校で所属する美術部の合宿の出発日でもあった。どちらも逃したくないという彼女は、ピアノの発表会を終えてから、一人遅れて合宿地である河口湖に行くと言った。

河口湖には新宿から一時間に一本、直通の高速バスが運行されている。発表会の終了時間を予測して、午後二時十分の便を予約しておいた。発表会の会場から新宿駅までは、車でも約五分かかる。ところがその日最後の演奏者であった娘が、ピアノを弾き終わったのは、一時五十分。もう間に合わないだろうとは思ったが、それでも娘は大急ぎで着替えて、会場の前で待ち受けていた私の車に飛び乗った。私は、バスの発着所まで車をとばした。

と言いたいところだが、生憎《あいにく》その日、新宿の都庁周辺の道路は混雑していて、車はなかなか進まない。ようやく発着所の近くにたどり着いた時には、バスの出発時刻になっていた。同乗していた息子が娘のボストンバッグを持って車から降り、二人はバス停めがけてダッシュした。私は新宿駅のロータリーを回って、車を一時停止させる所まで行き、車から降りようと左手を見ると、バス会社の事務所から出てきた息子が、手で大きく交差させて「×」印のサインをしている。

「今出たところだって言われたよ。三時十分の便は満席で次は四時十分までないらしいよ」息子は残念そうに言う。すると隣《となり》にいた娘が言った。「私、電車で行くよ。だって、二時間もこんな所で待つのいやだもん」

この言葉は、私には意外だったが、考えてみれば、その通りなのだった。

私は、新宿駅の地下駐車場に車を止めて、JRの「みどりの窓口」へ向かった。私自身河口湖へ列車で行ったことがないので、よくわからない。窓口の係員に聞くと、次の大月までの特急は一時間半後くらいまでないという。河口湖へは中央線を大月まで行き、そこで乗り換えるらしい。特急以外の行き方はと聞くと、中央線の普通列車で行くしかないとのことだ。

そして冒頭の会話となった。

娘は今高校一年生だ。高校生ともなれば、大抵の人は電車やバスで通学するから、東京近郊の乗り物事情には慣れている。初めての路線でも、駅に表示された案内図や標識、それに勘《かん》を使ってなんとかなるはずだ。しかし彼女の場合、学校が家から徒歩で十五分位の所にあるので、小学校以来、公共の交通機関を利用する機会があまりなかった。そんな娘が、各駅停車の電車を乗り継《つ》いで、無事河口湖まで行けるだろうかと、私は不安に思ったのだ。ほんの一足違いでバスに乗り遅れたことが、今更ながら恨《うら》めしく思われた。

そんな私だったが、娘を見送り、地下の駐車場に着いた頃には、「もしかして、これは彼女にとって、とても良い経験になるのではないか」という思いが浮かんできた。余計な取り越し苦労はどこかに行って、楽観的な考えが心の中にふっと現れた。こんなことでもなければ、彼女が一人で列車の旅などする機会はないだろう。

親はいつも、子供に安全な道を歩かせたいと思う。しかし、彼女もこれから徐々に一人立ちしていくのである。当然のことだが、親はずっとそばにいるわけではない。それはわかっているのだが、つい余計な手出しや心配をしてしまうのだ。子供をいかに一人立ちさせるか。どちらかと言えば甘い母親の私にとって、それは大きな課題である。

娘には合宿所であるペンションに着いたら、電話するように言っておいた。夕食の準備をしながら、私は娘の電話を待った。そして、五時半頃無事到着の元気な声が聞こえてきた。

「ほらね、心配することなかったでしょ」と、私は自分自身に語りかけた。終わってしまえばあっけない。子供は案外、親が思っているよりも、しっかりと成長しているものなのだ。

最近は、海外留学まで口にするようになった娘なのだから、国内旅行で心配するのは〝愚《おろ》かな母〟なのかもしれない。

ベルリンの空袋

私の好きなアメリカ映画の一つに、第二次大戦前夜のヨーロッパを扱った『ジュリア』というのがある。ジェーン・フォンダ扮《ふん》するアメリカ人作家リリアンが、親友で反ファシズム活動家のジュリアに頼まれて活動資金を秘密裏に運ぶのだが、それを渡すのがベルリンの駅近くのカフェなのだ。

二〇〇〇年の六月半ば、夫がベルリンに行こうと言い出した。その時私は「ベルリンとはまた変わった所を」と、最初はあまり気乗りしなかった。が、ほどなくして私は『ジュリア』の中のその場面を思い出した。映画には、ベルリンのシーンはほんの少ししか出てこないのだが、第二次大戦前のヨーロッパの哀愁《あいしゅう》ただよう雰囲気と、戦い前夜の不安が入り混じった様子が感じられた。今の人々の暮らしはどうなっている

ベルリンの空袋

のだろうと、急に興味が湧《わ》いてきた。ベルリンとは、実際どんな町なのだろう?

実はドイツは私が初めて訪れた、ヨーロッパの国なのだ。それはもう三十年近くも前の独身時代のことで、そこは西ドイツの町、ハンブルグだった。今思うと可愛《かわい》らしいと思うのだが、その時は、日本からはるかに遠い〝地の果て〟に来たような気がした。その感覚は、何か地に足が着かないような、あるいは自分と日本を繋《つな》ぐ細い糸が何らかの事情で切れたら、もう帰ることはできないという、そんな不安定な気持ちを持ったものだった。現代は情報が増えて、遠い異国も身近に感じられるようになったから、今の若者はそんなことは思わないのだろうと、ベルリンに向かう飛行機の中で、ふと思った。

ベルリンは、しかし変わっていた。初めて来た町だから、こんな言い方はおかしいかもしれない。正しくは、映画『ジュリア』から私が想像していた町とは違っていた。映画の舞台だった時からさらに年月が過ぎ、第二次大戦で焼かれ、その後、東西に分断された。そして十年前、ベルリンの壁の崩壊とともに統一された町だった。そういう歴史の面影《おもかげ》をわずかに残しながらも、現在のベルリンは近代都市に生まれ変わろうと、町中がうなり声を上げ、変身している最中だった。特に中心部は歩道を行くのに迂回路《うかいろ》が多く、建物の補修や建築中のビルがしきりに目につく。最近ソニーのビルが完成して、ダイムラー・ベンツのビル等と並び立っているポツダム地区などは、その典型だった。ピカピカの建物と先端技術を駆使した内部の装備。垢抜《あかぬ》けた雰囲気の回転寿司店も目立つ場所に陣取っていた。

「こんなベルリンを見るために来たわけではない」——勝手な旅人の私はそう思った。日本の新幹線の停まる大きな駅前がどこも同じように、世界の大都市も皆、こんな風に変わって行くのだろうか。人が旅をするのは、そこにしかない、新鮮な出会いを求めてなのに……。

ところが、こんな私の不満を打ち消すような、これこそドイツの真骨頂《しんこっちょう》と思うものに出会えたのだ。それはホテルの近くのスーパーマーケットに行った時だった。レジに並んで前の人を見ると皆、家から持参の買物袋を持っている。それどころか、買った物を袋に入れてほしい場合は、袋を買わなくてはいけないのだ。さすが環境先進国ドイツと思ったものだった。それ以来、道で出会う人や、乗り物の中から注意して見ると、空袋を持ち歩いている人が多いのだ。

町の外見にばかり気を取られていたのだが、見るべきものはあった。人が来ると動き出すエスカレーター、ホテルの部屋から出ると電灯が自動的に点《つ》く廊下、一流ホテルなのに各部屋に据《す》えつけられているのは、エアコンではなく小さな扇風機、ゴミの分別収集のために歩道に置かれた三色の大型容器……。数え出すと色々ある。八月のベルリンは、朝夕は肌寒さを覚えるが、日中は気温が上がり汗ばむほどだ。日本でなら当然冷房が効いているバスや電車の中は、むっとする暑さだった。でも窓を開ければ耐《た》えられる。

エネルギーの垂《た》れ流し、使い放題の先進諸国の中で、この配慮はどういう国民性から来ているのだろうか。そういう点で私はドイツを羨《うらや》ましいと思い、日本に帰って来てからも、思い出すのだ。

『ジュリア』のベルリンには会えなかったが、人々の高い意識と実質的な暮らしぶりは、私の記憶に鮮明に残った。

秋

Autumn

妻か、母か？

中学三年の息子の二人の友人のお父さんが、それぞれアメリカへ転勤になった。息子の通っている学校は私立で、小学校から大学までの一貫教育を原則としている。子供は、親の仕事で地方や海外へ行く場合、中学では三年生の一学期迄は、親と一緒にその任地に行くために休学することができる。しかし二学期以降も休学していると、高校への進学はできず、退学として扱われてしまう。だからその学校の高校、大学へ行きたければ、中学三年生の二学期からは、在学していなくてはいけない。

一人の友人の家族は、色々話し合い、考えたとは思うが、きっぱりと退学を決め、家族全員でニューヨークに行くことになった。私は、そのお母さんとは息子の小学校入学以来親しくしていたので、母親達十数人が集まって七月半《なか》ばにお別れ会をした。

妻か、母か？

会の席上、彼女の話を聞いていると、初めての海外生活に不安もあるようだが、反面新しい世界での生活に期待も大きいように感じられた。それ以前に彼女は一度ニューヨークを訪れ、住む家も決めていた。お別れ会の帰り道、彼女は私に「ニューヨークのマンハッタンから車で一時間位の、鹿も出没する自然に恵まれたとても良い所よ。空いているお部屋が二部屋もあるの。ニューヨークにいらっしゃることがあったら、是非《ぜひ》泊まりに来て」と言ってくれた。

それとは対照的に、もう一方の友人の家族は、お父さんが単身赴任《ふにん》することになった。アメリカに留学経験もあるそのお母さんは、最初は夫のアメリカ転勤を喜んでいたようだったが、子供の学校が問題となり、将来のことを考えて子供たちと日本に残ることにしたそうである。

娘の小学校の秋の運動会で、彼女と久し振りに会った。私は「夏休みには、ご主人に会いにアメリカへいらっしゃったの?」と聞いた。「ええ、もちろん」という答えを期待していたのだが、彼女の口からは「いいえ、主人からは連絡もほとんどないのよ」という意外な答えが返ってきた。わけを聞くと、彼女がアメリカへ行かなかったことについて、ご主人の両親が「夫の転勤についていかないとは、何という妻か」と大変な剣幕《けんまく》で怒っているというのだ。そしてご主人もその意見に同調してしまっているというのである。「このまま別居か離婚だわ」と彼女自身も、おだやかではない。

夫についていきたいけれど、子供の学校も捨てられず、板ばさみになっている悩みを、私に打ち明けてみたくなったようである。

対照的な二家族であるが、個々の夫婦や家庭には、自分たちが歩んできた道程や人生観があるのだから、これはこうしなくてはいけませんとは言い難い。私も彼女たちのような立場に置かれたら、同じように悩むかもしれない。

妻であり母であるという立場にある女性は、どちらの立場も生かしたいと思い、悩むのである。しかし、このような時、夫か子供かどちらかという二者択一《にしゃたくいつ》をするのではなく、「何が最も大切か」という視点に立って考えてみると、答えは案外簡単に出てくるものである。

私は結婚した当初、働いていた。それは夫の希望であった。結婚すると決めた時、私は仕事はいつやめてもいいと思っていた。一生の仕事とは思っていなかったし、充分働いたという満足感もあった。しかし、夫は大学院を卒業したばかりの薄給で、アパートの家賃を払うと、あと半分位残る給料は、二人が暮していくには不十分だった。二人とも、時間の不規則な仕事で、生活がすれ違うことも多かった。

私は悩み始めた。何かが違う。結婚生活ではなく、生活も仕事も違う二人の男女が、共同生活をしているだけのように思えた。二人で作り上げていくものの少ないことが不安だった。そして自分の気持ちを夫に話した。夫は私の気持ちを理解してくれ、私は仕事を辞《や》めた。生活は大変だったが、それでも何とかやっていけた。

私は、結婚生活とはそういうものだ、と思っている。夫婦が互いの関係を大切にして生きる時、「家庭」という共同作品が生まれる。そして、その家庭を土台として、子供たちは自ずと育ち、生かされていくのだと思う。

公園の住人

よく晴れた、やわらかい陽差《ひざ》しの休日の朝だった。広々とした自然の中でのんびりと本でも読もうと思った夫と私は、家から車で五分位の距離にある代々木公園に出かけた。原宿や新宿の喧噪《けんそう》の中にあって、明治神宮に続くこの公園はその広さゆえに、都会ではなかなか見ることのできない広い空と豊かな緑が眺《なが》められる。子供たちが小さい頃は、そこで遊ばせるためによく出かけたものだが、ここ二、三年は何故《なぜ》か訪れることがなかった。

私たちは駐車場に車を停《と》めて、ゆるやかなスロープの芝生《しばふ》を登っていった。すると前方の木に何やら白いものがかかっている。近づいて見ると、それは男物のランニング・シャツとワイシャツだった。どうやら、ホームレスの人が干した洗濯物らしい。そ

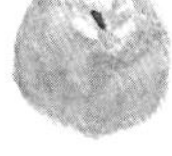

のすぐ右手の休憩所には、三、四人のホームレスの人がいた。一人は椅子《いす》の上で横になって寝ていて、他の二人は何か話をしていたが、その内の一人はバナナを食べていた。夫は興味深そうに彼らをそれとなく見ていたが、公園に入った途端《とたん》そのような光景に出くわした私は、ちょっとひるんでいた。しかし公園の中心部にある広場に行けば彼らの姿はもうないだろうと気を取り直し、公園を囲むように植えられている大きな広葉樹の木蔭から抜け出そうと歩き始めた。

ところがその辺《あた》りに点在するベンチの上もまたほとんど、ホームレスの人達に占領されていた。さらに木蔭から抜け出した先の草むらの中にも、ダンボールを敷いて人が寝ているのが見える。もう朝の十時を過ぎているのに、これらの人々はほとんど眠っている。夜、活動していたからだろうか。仔細《しさい》はよく分からないが、暖かい陽を浴びて、人が近づくのも気づかず熟睡している。

ホームレスの住み家と化した公園は、居心地《いごこち》が悪かった。夫と一緒でなかったら、すぐに帰っていただろう。しかし夫は彼らの生活ぶりに関心があるようで、さっと通り過ぎようとする私と違って、詳しく観察している。

公園の住人

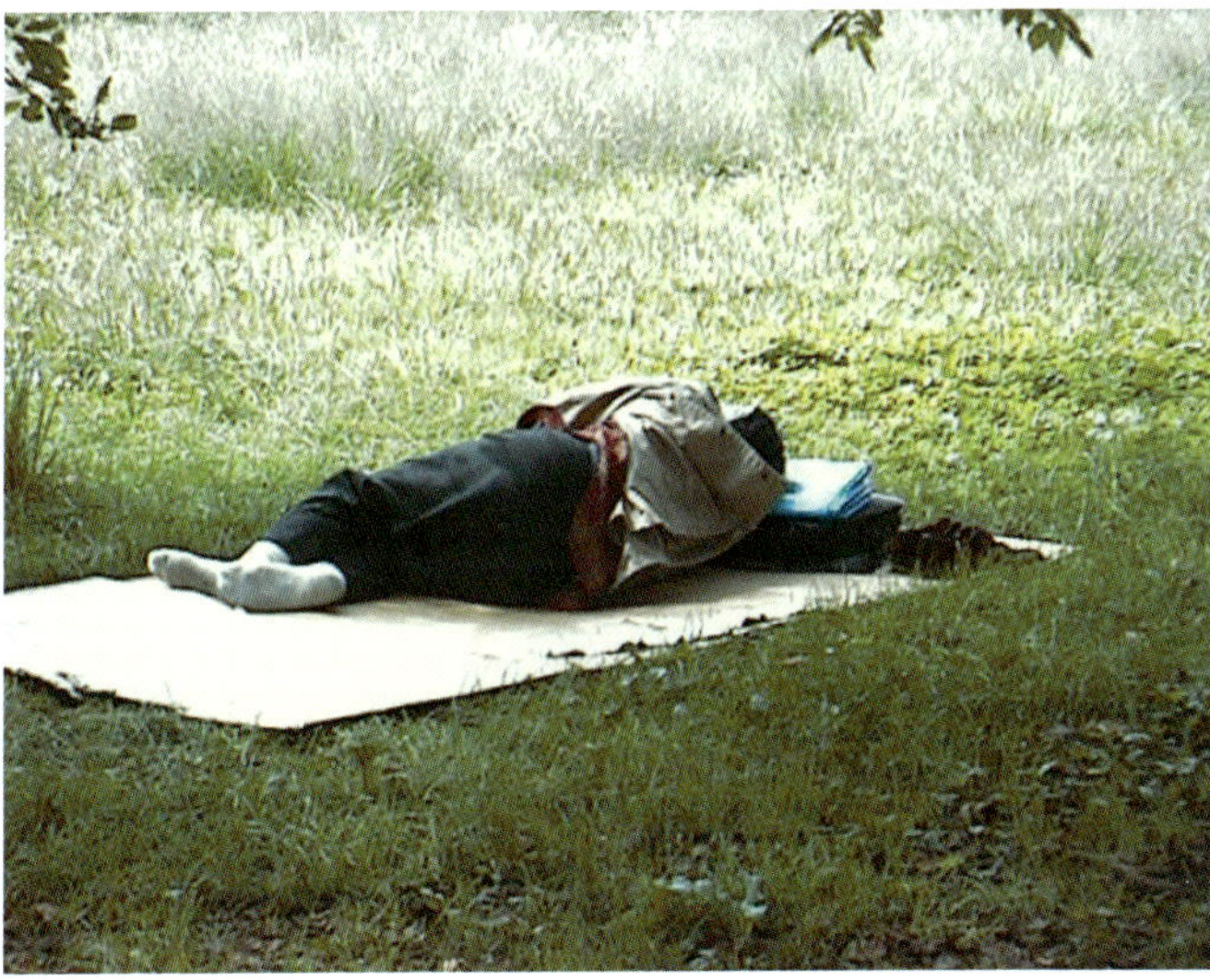

「中には綺麗《きれい》な革靴《かわぐつ》を揃《そろ》えて脱《ぬ》いで寝ている人もいた。しかもその人のはいている靴下の裏は白かったから、この人はホームレスではないのかとよく見ると、持ち物からしてやっぱりホームレスだったよ」などと話してくれる。

そんな光景を沢山《たくさん》目にして、ようやく私たちは噴水のまわりに置かれたベンチの一つに腰を下ろした。私たちの後ろの草むらにもホームレスの人が一人いたし、噴水の向こう側のベンチにもホームレスの人はいたが、赤ちゃんをベビーカーに乗せた若いお母さんや、若者のカップル、ベンチに腰かけて本を読んでいる中年の外国人男性などもいて、そこには公園らしさがあった。

私の心は平静ではなかったが、それでも本来の目的であった本を読もうと、持ってきた袋から取り出した。ところが目は活字を追おうとするのだが、心はホームレスの人たちのことを考えている。家がないというのはどういう事なのだろう。不安はないのだろうか。あるに違いない。そんなことを考えていた。

私がかつて愛読した『大草原の小さな家』シリーズの本は、アメリカ人のローラ・インガルス・ワイルダーという作家が、六十五歳になって最初の一冊を発表した彼女の自伝的小説である。日本でもテレビドラマとして放映されていたから、記憶にある方も多いと思う。しかしテレビドラマは原作とは大分違っていて、小説の方は、開拓者としてのローラ一家が、全く何もない大草原に家を建て、土を耕し、種を植え、多くの困難に直面しながらも、それらを乗り越えていく生活が描かれている。

それは、生活に必要なものは全て自分たちの手で作り上げていかなくてはならない、厳しい生活だ。しかしそこからは、家族が協力しあって生活を築き上げていく喜びが、生き生きと伝わってくるのである。やっと住みついた土地がインディアン・テリトリイと分かり出て行かなくてはならないような場面にも直面する。又黄金色に輝いて大豊作が予想された小麦が、空を暗くするほどのイナゴの大群によって、たちまち無に帰《き》してしまうような苛酷《かこく》な自然との戦いもある。それらと向き合いながらも、神への強い信仰と、自由と独立の精神で、明るく、たくましく生きて行くのである。

一粒の小麦も、一枚の布切れも決して無駄《むだ》にはしない、現代の私たちがすっかり忘れてしまった生活がそこにはある。そして豊かさとは、物の豊富さではなく、どんな質素な暮らしでもその中に喜びを見出し感謝し、家族が互いに愛し合い、助け合いながら暮らしていくことだと教えてくれる。

有り余るほどの豊かな物に囲まれながら、さらにより多くを追求することで、自分を見失っているかに見える現代人。その現代社会から様々《さまざま》な理由ではじき出され、あるいは対応していけなくなったホームレスの人たち。私が代々木公園で見た多くのホームレスの人たちは、いつかは自分の家に帰ることがあるのだろうか。あるいは安心して休める場所を持つことができるのだろうか。

ローラの一家も幌馬車《ほろばしゃ》で旅を続けていた間はホームレスだった。だが彼女たちには目的がはっきりしていたから、それに向って進むことができた。そのような時代と比べれば、現代の社会は大きく変化し複雑になっているから、周りの環境に振り回されて、生きることの意味が分からなくなり、日常生活のささやかな事柄に喜びを見出すことが難しくなっているのだろう。

そんな中で物を無駄に消費し、自己中心的な生活を繰り返している人もいる。そのような現代人の生活が、多くのホームレスの人を生んでいるともいえる。ホームレスの人たちは、明日の糧《かて》が必ずしも約束されないという不安定さはもちろんあるのだろうが、私たちの捨てたものによって、生きていけるという面もある。彼らは、人の捨てた衣類を着、傘《かさ》を持ち、紙袋やビニール袋を下げて、ダンボールで家を造り、テントやラジカセまでどこかで調達して生きている。ホームレスの人たちは、結果的に物を大切に使っていることになる。

代々木公園で眠っていた多くのホームレスの人たちを見て、私は「人は何のために生きるのか」を考えさせられるとともに、物を生かして大切に使う時代が遠くなってしまったことを感じずにはいられなかった。

夕食の会話

　その日私たちは、いつものように家族五人で夕食のテーブルを囲み、その日の出来事などを話していた。私は渋谷に買い物に出て、見たことを二つ話した。

　一つは息子の高校の同級生と思われる三人連れが、とてもだらしない格好《かっこう》をして歩いていたこと。もう一つは、吾が家の全員が知っているホームレスの人に、帰り道で会ったこと。彼はビルの入り口の階段に腰かけて、二本のたばこを二つの手で同時に吸いながら、道行く人に対して悪態《あくたい》をついていた。

　家族の者は「フーン」などと言って聞いていたが、少し間を置いて夫は、「他に何か良いことはなかったの」と私に聞いた。私は「ハッ」として、それらの話題は夕食の席には、あまり好ましいものではないことに気がついた。そんなことを深く考えもせず

夕食の会話

に話したことを反省した。そして「ああ、そういえば」と言って、その日のもう一つの出来事を話した。

その朝、私は本を返すために図書館に出かけた。家には読みたいと思って買った本が、何冊かあったので、本を返すためだけに出かけた。ところが帰り際《ぎわ》に、新刊書のコーナーを見て、その棚に並べられていた『ユーラシアの秋』という本が私の目に留まった。作者の佐々木良江という名前には覚えがあるように思えた。しかし本の奥付《おくづけ》の著者略歴を見ると、彼女にとってそれは初めての本だったし、その人についても、私の全く知らない人だという事がわかった。それでも何か魅《ひ》かれるものを感じ、その本を借りることにした。

書店で本を買う場合は、もうすこし吟味《ぎんみ》するが、図書館では、おもしろくなければ返せばいいという気楽さがある。そんなわけで、その一冊だけを借りてその日は帰宅した。午後になって時間ができたので、その本を読みはじめた。久し振りに、興味をそそられ、先を読み進みたい思いにかられる本だった。

夕食の食卓で、そんな本にめぐり会えた事を私は家族に話した。すると十七歳の息子は「そういう本に出会えるのはいいね。うらやましいよ」と言った。彼の隣《となり》にいた夫は「本だけでなく、人や色々な出来事とも不思議な出会いというものはあるものだよ。長く生きているといろんな出会いがあるからね」と息子に話していた。私は同い年の夫の「長く生きている」という言葉を聞いて、一瞬「エッ」と思った。しかし良く考えて見れば、息子と比べると、私たちは彼の二倍以上、三倍近くの歳月を生きて来たのだ。それだけ多くの出会いを経験してきたことは確かである。

人の一生には様々《さまざま》な出会いがある。親と子も、またその一つの出会いではないだろうか。

私は最初の子供が生まれた時、世界が急に広く豊かになったように感じた。それはひどく直感的な説明のつかない感覚だった。それと同時に、自分の時間が自分のものではない束縛感も味わった。そして育児に追われる時間を過ごすうちに、いつの間にか、三人の子供は生長し、巣立ちの時がそう遠くない所に見えるようになってきた。するると、親と子が共に過ごす時間は、もうそんなに長くないことに気がついた。

私は毎朝夫を含め、四人分の弁当を作っている。夫の弁当はこれから先も作り続けるかもしれないが、子供たちの弁当は、学校に通っている今の時期だけである。そう思うと、特に手の込んだ立派な弁当を作るわけではないが、自然と思いは込められる。

子供のことを「自分が産んだ私の子」などと思うと、つい執着心や、ないものねだりの気持ちが出てくる。私にも確かにそんな思いはある。しかし親と子は、この世で不思議な縁によって出会い、やがて別の道に進むのだと思うと、子供と共に過ごす時間のかけがえのない尊さ、その体験のいとおしさ、また子供たちから与えられた数多くの喜びや人生の生き甲斐《がい》に心は満たされる。そして今、彼らにしてやれることを一所懸命してやりたいという思いが出てくる。

子供の欠点が見えた時、もっとこうあって欲しいとの要求が出て来た時、だから私は、この「恵まれた出会い」のことを思う。すると、自分勝手のないものねだりはどこかに行ってしまう。

子と親

私は小学生の頃から歯が丈夫で、虫歯のない事が自慢だったが、最近、親知らずを一本抜いた。

永久歯を抜くのは初めての事だし、親知らずの場合は大変だと周りの人から聞かされていた。だからその日は覚悟して、歯科医院に出かけた。診察椅子《いす》に腰を降ろし、斜めにたおされた姿勢で、私は両手をお腹の上で合わせていた。麻酔がきいて、いよいよ歯を抜くという段階になると、無意識のうちに両手に力を入れて、しっかり握っていることに気づいた。そんなに緊張して力を入れなくても大丈夫と自分に言い聞かせ、心の中では「虫歯をなおして下さって、ありがとうございます」と、殊勝《しゅしょう》にも歯医者さんに感謝の言葉を繰り返していた。するとほんの一瞬の間にあっけなく歯は抜

けた。痛み止めと腫れ止めの薬が処方されて、その日の治療は終った。

家に帰り一時間ばかりすると、麻酔が切れて徐々《じょじょ》に痛み出した。二十代の頃、親知らずを抜いている夫は、心配して職場から電話をくれた。夕食の準備が出来なければ、家族で外食することも考えてのことだった。しかし痛みはあったが、それ程の事もなく、私は夕食の準備にとりかかった。何もしていないと意識が痛みに集中するが、手と頭を使って動いている方が気が紛《まぎ》れた。

さすがに夜は、積極的に何かをする気力はなく、九時過ぎには寝室に入って洋画を見ていたら、いつの間にか眠ってしまった。痛み止めを飲むこともなく、翌朝にはほとんど痛みは感じられなくなっていた。

歯を抜く事になった時夫は、嘆《なげ》いている私に向かって、「親知らずを抜く歳になっても、僕たちは両親が二人共元気でいるんだから、それは奇跡的だよ」とやや大げさに言った。

その言葉に私は、少し前に見た『愛を乞《こ》う人』という日本映画のことを思い出した。

この映画は、戦争直後の焼け跡の混乱の中で、娼婦として生きていた母親と、心優

子と親

しい台湾人の父親の間に生まれた主人公・照恵の苛酷《かこく》な生い立ちを描きながら、今は母親となった主人公が、親の足跡を尋ね歩く話である。

照恵の母は、幼い娘を虐待したのだ。その様子を見かね父は、娘を連れて妻から去る。が、その父は結核で亡くなり、照恵は孤児院に入れられる。それを知った母は、世間体が悪いからと、娘を引き取るのだ。しかし、相変わらず、娘に対し目をおおいたくなるような暴力を振るった。中学を卒業した後、娘は家出して結婚し、女の子を産む。その娘も今では高校生になり、幸せに暮らしていた。ところが照恵の夫は亡くなり、娘と二人になった照恵は、父の遺骨捜しを始めるのだ。

戦後の混乱期に死に、しかも日本国籍でない、父親の遺骨捜しは困難を極めた。それでも照恵は執拗《しつよう》に尋ね回り、ようやく東京郊外のお寺に無縁仏として祀《まつ》られていた父の遺骨を発見する。

安堵《あんど》の思いを持つ照恵だが、一緒にいた娘は今度は、母にも会うべきだと言う。照恵の心は少し揺れるが、今は海辺の町で美容師をしている母の店に、客として訪れる。母はそれが自分の娘であることに気づかずに髪をとかしはじめるが、客の口から出た言葉に手を止める。

「母が一つだけほめてくれたことがあるんです。髪をとかすのが上手だって……」

そして客の頭の傷が、かつて自分が振るった暴力の跡《あと》であることに気づき、動揺する。しかし二人は、敢《あ》えて名乗り合うこともなく、娘は最後に母親に「どうぞお元気で」という言葉を残して去って行く。

照恵は母に対し、どれだけ恨《うら》んでも恨み足りないものがあったに違いない。それでも彼女は母親を完全に拒否することができず、母の唯一の励ましの言葉と、優しかった父の思い出に支えられて、生きてきたのだ。

幼くして父を亡くし、母からは虐待された照恵だったが、たとえどんな親であっても、子は「親が自分を認めてくれている」ことを心の支えとして生きるものだと私は思った。そしてその親がこの世に存在していることが、また他界している場合は、その親の墓がこの世に存在することが、子供の人生の基盤のような重さをもっていることに思い至った。

親知らずは抜いたが、まだ両親が健在の私は、本当の意味で親の大切さは分からないのかもしれない。しかしこの映画を見て、親子の関係は生死を超えて続くものなのだと思った。また、全ての人に親があるということの意味の重要さを、改めて思ったのだった。

鰹節のこだわり

「ママ、きれいに削れたよ」

ガスレンジの前で、お鍋をかき回している私の所へ娘が見せに来た。鰹節《かつおぶし》削りは娘の好きな仕事で、頼むといつも快く引き受けてくれる。部位によって鉋屑《かんなくず》のようにきれいに出来ることもあれば、粉々になってしまうこともある。それを工夫しながら削るのが、楽しいらしい。

私の使っている鰹節削り器は、夫の母から譲《ゆず》り受けたもので、母の所にも削り器はあるから、祖母の家で使われていたものかも知れない。それまでは鰹節は、便利なパック詰めのものを使っていて、自分でわざわざ削るということはなかった。しかし削り器を目の前にした十数年前、幼い頃母の手伝いをして、鰹節を削った感覚がよみがえり、それ以来愛用している。

子供の頃、家ではお味噌汁のだしは、煮干でとっていたが、時々母は鰹節のだしのお味噌汁を作ってくれた。それは上等の味がして、私の好物だった。そんなこともあって、今私の作るお味噌汁は、煮干と鰹節でだしをとる。本当はその都度《つど》削りたてを使うのが、一番好《よ》いのかもしれないが、そうなるとつい面倒になって便利な粉末のダシ粉を使いたくなる。そこで私は時間のあるとき、沢山《たくさん》削って冷蔵庫に保存している。そんな時娘も登場する。彼女は近頃、鰹節削りの面白さを発見し、手伝ってもらうとどんどん削るので、私としては大助かりである。

世の中が便利になって、家庭の主婦の仕事も私たちの母たちの時代に比べたら、本当に軽々とこなせるようになった。その分女性たちは、外で働くようになったり、趣味の生活に生きがいを見出している人もいる。結構なことで、私もその恩恵に浴してはいるが、なんでもかんでも便利、簡単となると、私の中の〝こだわりセンサー〟とでも言うべきものが作動して、拒否したくなる。鰹節を削るのも、その一つの表れかもしれない。

鰹節のこだわり

皮肉なことだが、家事を預かる主婦の仕事が簡単に外部のもので肩代わりされるにつれて、女性達は主婦という仕事に生きがいを見出しにくくなった。以前は、家庭での女性の受け持つ負担は大変なものだったが、その分自分の位置がはっきりしていて、責任と重要さが自覚できた。そんなことを考えると、幸せとはなんだろうと思う。

年末の事だった。友人数人とおせち料理の話題になった時、私以外は皆デパートやレストランに注文するということだった。そんなものなのかと思い、それほど驚いたわけではないが、私はなんだか淋《さび》しい気がした。料理店で作られたおせち料理は、見た目にもきれいで、色とりどり、中には手の込んだものもある。そして何よりも暮れの忙しさから解放される。料理の中身は、主婦手作りのものと本質的には同じかもしれない。けれども私はやはり自分で作りたい。新年の朝、少し緊張感をもって家族みんなで囲む食卓の清々《すがすが》しい雰囲気と、デパートのお惣菜《そうざい》売り場で買った料理とは、何かそぐわない気がするのである。

それとも、一月一日の朝も、普段《ふだん》となんら変わらない朝なのだろうか。前の年がどんなに幸せで幸運の連続だった人でも、一年を振り返れば少しは反省や悔《く》いの思いはあるだろう。私自身は、元日の朝は何もかもが新鮮で、生まれ変わったような気持ちのする、すこし晴れやかで気の引き締まる日であり、またそうしたいのだ。家の中の空気も水も一日前とは違う気がするし、前年に出来なかった事も「今年こそは」という思いが、希望と共にふつふつと湧《わ》いてくる。加えて、楽観的な性格の私は、過去の失敗やいやなことは、すべて過ぎた年と共に過去の中に消え、人生はまた一からスタートできる、などという便利な気分にもなる。

そんな時、目の前に並んだものが、忙しい年末に走り回って材料を揃え、一所懸命作ったおせち料理であれば、それは申し分無い舞台装置となる。

鰹節を削る時も、おせち料理を作る時も、私は家族への思いに加えて、少しばかり自分への挑戦と、それに伴う喜びを味わっている。案外こんな些細《ささい》なことが、生きがいに結びついているのかもしれない。

草原の民

山梨や長野の山や川の緑の中でひと時を過ごした帰途、東京の首都高速道路に差しかかると、左前方に新宿の高層ビル群がヌッと現れる。その頃には、道路の両側に住宅の屋根やビルがひしめいている。「ああ、なんという大都会に帰ってきたのか」と、私は思う。山々の柔らかい緑と、都会の硬質な灰色との差に愕然《がくぜん》とするのだ。しかしその都会では、一旦《いったん》中に入ってしまえば、特に違和感を覚えることもなく、日常生活が始まる。

そんな日々を過ごす私にとって、新聞の中でふと目に留った『星の草原に帰らん』という本の題名は、魅力的だった。

地平線の彼方《かなた》まで続く暗い草原と、その上に広がる、無数の星の瞬《またた》く空――そんな

草原の民

イメージが浮かんでくる。これは、あるモンゴル女性の自伝である。著者のバルダンギン・ツェベクマさんは、一九二四（大正十三）年生まれのモンゴル人で、司馬遼太郎さんの『草原の記』のモデルになった人でもある。

この本は、新聞の書評欄で扱われていた。『草原の記』の主人公の数奇な人生が描かれた、感動の書ということだった。私は興味を覚え、すぐに本を買った。読み終えて、題からは想像できない内容に「なんと過酷な人生があるものか」と、思った。

私がモンゴルに興味をもったのは、そこの人々が日本人とはかけ離れた歴史と環境の中で、全く違った生活をしてきたからだ。それは、文明社会・日本に生きる私の、ふわついたあこがれなのかもしれない。しかしツェベクマさんの自伝を読んで、そんなことでは済まされない厳しさの中を、この国の人たちが生きてきたのを知った。民族の独立を保つということが、モンゴルのような国にあっては、どんなに難しいかがよく理解できる。ツェベクマさん自身も、ロシア・満州・中国そして現在のモンゴルと四回も国籍が変わっている。もともとモンゴル人ではあったが、二十世紀のユーラシア大陸の激動の歴史に、翻弄《ほんろう》されたといえるだろう。モンゴル人の民族独立の夢も、大国ソ連と中国の利害に阻《はば》まれ、民族はまだモンゴル国と内蒙古自治区（中国）とに分断されたままだ。

平和な島国・日本に暮らす私は、祖国を亡くすとか、その存在が危ぶまれるというような事態を、想像しにくい。安泰《あんたい》であって当り前と思いがちだ。しかし世界には祖国を失った人や、どこを祖国と呼べばいいのか分からない人の多くいることを、改めて思った。

同じモンゴル人の夫は、戦前の日本に留学経験があり、内外モンゴル統一を目指した人だった。日本は一九三一年から十四年間、モンゴルからの留学生を受け入れていた。その留学生たちが帰国後、民族主義に目覚め、民族独立運動の中心的役割を果たしたということだ。日本の教育がどのように影響を及ぼしたのか、私は興味深く思った。またツェベクマさん自身も、満州国時代に日本女性の経営する、モンゴル女性のための私塾で学んでいたのだ。

モンゴルという、多くの日本人に馴染《なじ》みのある、しかしその実態はほとんど知られていない国のことを、この本から少しだけ知ることができた。想像以上に日本と深い関わりがあり、驚いた。

そしてユーラシア大陸に住む、少数民族の女性が辿《たど》った道は、その地理的条件の故《ゆえ》に、国と民族が互いに接し、入り乱れ、その中で民族の誇りを持って生きることの難しさを語っていた。

東京の自宅のテーブルの上で、遥《はる》かにモンゴルの大地に、またそこで暮らす人々に思いを馳《は》せた。いまだに多くの人が、草原でゲルというテントに住み、バター入り塩茶を飲み、羊などの遊牧をして暮らしている。私の生活と直接には何の関わりもないが、目に見えない所で色々の繋《つな》がりがあるのだろう。

私にとって、このようにして他の国の人の生活や歴史を知ることは、世界に対する目を開かせてくれる。そして日本という国への理解も、更《さら》に深まるのだ。

主婦のウデ

その日は朝から雨が降ったり止《や》んだりで、冬のどんよりした空は寒々しさに拍車をかけていた。

「今日はお鍋なんかもいいわね」

と、友人の一人がいった。

月曜日週一回の英語のレッスンが終わるのは十二時四十五分で、私はたいてい四、五人の仲間と昼食を食べる。皆家庭の主婦だが、ほとんどの人が自宅で英語を教えている。中には一週間に百三十人もの生徒をもっている人もいて、皆忙しい。夕方から夜にかけてレッスンがあるため、この後すぐ家に帰って家族の夕食の準備をしなくてはならない人もいる。だから長話をすることはないが、食事をしながら、必ずその日

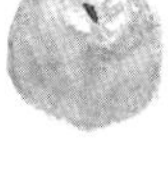

の夕食の献立が話題になる。

私の場合、いつもは前の日の献立との兼ね合いや、その日の天候、気分などでアイディアがパッとひらめき、わりあい簡単に夕食の献立が決まる。しかし、その日はなぜかなかなか決められなかった。

そんな時友人の言葉を聞いて、「あっそうだパエリアにしよう」とひらめいた。数日前、料理の本でパエリアを見て、最近作ってないから来週にでも作ろうと思ったことが、記憶にもどってきたのだ。

家庭の主婦にとっては、日々の献立を決めることは、とても重要なことで、それはいつも頭の中から離れないのだ。それは主婦の悩みでもあり、腕の見せ所でもあるのだ。

そんな私たちとは対照的に、一九九九年の十一月末、アメリカ大統領夫人のヒラリーさんが、上院選に出馬するというニュースが大きく報じられた。その同じ日の夕刊には、イギリスの首相夫人のシェリーさんが第四子妊娠と一面トップの扱いだった。

主婦のウデ

その結果、ブレア首相の支持率は五ポイント上昇したそうだ。その新聞記事を読んでいて、私は考えさせられることがあった。

私個人としては、シェリーさんの妊娠に対して、喜ばしい事と思っている。だが記事の背後から、画一的なものの見方のようなものが読み取れたからだ。二人とも弁護士の資格があるキャリアウーマンで、家庭も仕事も子育てもと、多才ぶりを発揮している。それは素晴しいことで、女性の生き方の一つの模範例といえる。しかしシェリーさんの妊娠が、高齢出産に不安を持つ「仕事を持つ女性たちへの励《はげ》みになる」（『朝日新聞』一九九九年十一月二十五日）というのは、あまりにも安直な見方だと思った。「首相夫人」というような特殊な立場の人を、普通の〝働く女性〟の理想的な生き方として捉《とら》えるのには無理がある。首相夫人であるがゆえに、仕事も子育てもできる環境が整っているのではないだろうか。また、弁護士として年十万ポンド（約千八百万円）を稼ぐ上、大学講師も兼務するというシェリーさんの優れた才能は、誰にでも与えられているわけではない。

私は、恵まれた環境でなければ、仕事と子育ては両立しないと言っているのではない。情報の溢《あふ》れている現代は、人間の生き方でも洋服の流行と同じように、一つの傾向に流される所がある。人間の才能を限定するつもりは毛頭ないが、人にはそれぞれ個性や才能というものがあって、皆同じではない。大変な努力をして、いくつかの役割をこなせる人もいれば、そうでない人もいる。そして世間には今夜の献立に悩んでいる女性の方が、圧倒的に多いのだ。

家事などは一見《いっけん》平凡で、価値のないことのように見えるかもしれないが、それは家族の心の深い所で、生活の潤《うるお》いや安らぎにつながっている。なぜなら、その奥には家族への愛情があるからだ。その大切さを見逃《みのが》して、ある一つの形だけを追い求める必要はない。女性がみんな同じ目標に向かって歩き始めたら、それこそ社会は殺伐《さつばつ》として、色々な歪《ゆが》みが出てくるに違いない。

美しい色の香り高い花が開くためには、花を守る葉や、支える枝や、滋養を送る幹や根のような目立たない、しかし頑丈《がんじょう》で動かない存在も必要であることを、私は思った。

涙を乾かした時

彼岸《ひがん》の中日《ちゅうにち》に、夫と二人で絵手紙展へ行った。

故郷の両親に宛《あ》てて絵手紙を書くようになって、半年になっていた。きっかけは夫に誘われて行った絵手紙展で、山路智恵さんという十八歳の女性が、小学一年の時から十二年間、出し続けた絵手紙を見たことからだ。手紙の相手は、小池邦夫さんという絵手紙の創始者だった。その展覧会を見て、私にもできそうな気がした。気軽に絵が描けることと、便りが出せることに魅力を感じたのだった。年老いた両親の生活に、少しでも変化を与えることができればという気持ちもあった。

彼岸の日に行った絵手紙展は渋谷のデパートで行なわれていた。小池さんと漫画家のみつはしちかこさんが、約二年間にわたって交わした絵手紙が展示されていた。会

涙を乾かした時

場へ行くと、入り口の手前にテーブルが置かれ、六十歳前後とおぼしき男性が座《すわ》っていた。髪には白髪が混じり、めがねの奥の目は鋭さの中にも人懐《ひとなつ》っこさの感じられる人だった。その人は、自分の前に立っている五十代半ばの女性と、なにか話している。

私には、その男性が小池邦夫さんだとすぐに分かった。テーブルの横に立て掛けられた札には、その日二回目のサイン会が行われていることを、知らせていたからだ。思いがけず良いタイミングに来たと思い、興味津々《しんしん》で小池さんと女性の様子を観察していた。

小池さんは、サインを頼みに来た人と話をしているのだった。そして、相手の人となりを感じ、自分とのつながりを感じながら、その場で思い浮かんだ言葉を、墨たっぷりの筆の文字で黒々と書いた。それを、サインをしてもらいに来る一人一人にしているのだった。私は心を打たれた。

「ああこういう風に、人とのつながりを大切にする、誠実な姿勢のサイン会もあるのだ」

曲がりなりにも絵手紙を始めた私としては、こんな小池さんにサインしてもらいたいと内心思っていた。が、恥ずかしいという気持ちもあった。そんな私の肩を押すように、夫は「サインしてもらったら」と勧めてくれた。私は勇気を得て、サインの列に並んだ。私の前には、女性が一人いるだけだった。

「お願いします」と本を差し出すと、小池さんは無表情でそれを受け取り、一度下を向いた。硯《すずり》の墨に浸《ひた》した筆を動かしながら、少しの沈黙があった。私はそのままサインをするのかと思ったが、次の瞬間、小池さんは私を見上げて「絵手紙やってるの?」と聞いた。

「はい」

「どこの教室でやってるの?」

絵手紙教室の場所を聞いているのだった。私の場合、我流で気ままにやっている。

「自分で勝手にやっています。智恵さんの絵手紙展を見てから……」私は少し気後れがしていた。

「智恵さんね、ああそう」と、小池さんは表情を崩してうなずいた。隣《となり》にいた夫が、会話を引き継《つ》いだ。

「田舎のお母さんに毎日絵手紙を書いているんです」

「それはいいね。それは喜ばれるよ。そう……」

「毎日というのは、なかなかできませんよね」と夫が言う。

「どれくらいやってるの？」と先生は私を見た。

「半年位です」

「半年やったらもうやめられないね」

私は答えながら目頭が熱くなってきた。正直な気持ち、絵手紙を描いていることに関しては、私は何の気負いもなく、良いことをしているという思いもない。ただ自然に淡々《たんたん》と日記をつけるように描いていた。それを、思いがけず二人の男性に褒《ほ》められて、自分の姿が急に客観的に見えた。自分で言うのもおかしいが、なんだか「健気《けなげ》な人」に思えたのだ。そんな私と、親しく誠意に満ちた絵手紙の先生が、ここにいる。こんな機会に恵まれてありがたいと思った。

私の困った癖は、感動すると涙が溢《あふ》れてくることである。しかし、こんなところで泣いていることを人に覚《さと》られてはいけない。私は顔をくしゃくしゃにして、笑顔でごま

かそうとしていた。そんな私のうるんだ目の前で、小池先生はスラスラと筆を運び、

「明日は
いい日に
しよう
しよう
しよう」

と書き、その後に署名した。

私はお礼を言って、別のテーブルに移動し、そこに用意されていたヘアドライヤーを使って、墨を乾《かわ》かした。墨と一緒に、私の涙も乾いていった。

カゲキな行動

ある日、私は買い物に行くために、渋谷駅の方向に向かって街を歩いていた。途中、郵便局の手前で信号待ちをしていると、交差点の斜め向かいにあるレコード店の壁面に、知らないうちに大画面のテレビがセットされているのに気がついた。その画面では、私の知らない男性歌手が、体を激しく左右に揺らし、髪を振り乱して、ロック系の曲を歌っていた。スピーカーから吐《は》き出される音はなんとも凄《すさ》まじい音量で、耳を覆《おお》いたくなるほどだった。実は私は、その時、すでに耳を覆っていた。ただし、手を使ってではなく、ヘッドフォンを付けて英語を聞いていたのだ。耳に接したその音さえが、外からの音に押し潰《つぶ》されて、ほとんど聞こえなくなった。ヘッドフォンを外してみると、音の暴力に晒《さら》されているように感じられた。

カゲキな行動

こんなことが、許されていいのだろうか。レコードを売るために、他人の苦痛も考えずに、自分たちの主張を無差別に押しつけている。そんなふうに感じ、私は不快な気持ちになった。そこで私は、まず郵便局で用事をすませてから、道路の向かい側にあるレコード店に行って抗議しようと思った。道行く人にとって、その音が苦痛に感じられるほど大きいということを、取りあえずレコード店の人に知らせなくてはならない、と強く思った。

郵便局へ行くために信号を渡った私は、渡った後で、交差点のもう一つの角に、お巡りさんが二人立っているのに気がついた。緊急の事故や事件の処理をしているようには見えない。

「お巡りさんだって、この騒音をなんとも思わないはずはない」

こう思った私は、郵便局で用事をすませると、また信号を別の方向へ渡り、青い制服姿の二人に近づいて「この騒音は取り締まれないのですか?」と聞いた。

交通違反の取締りをしていたらしい二人のお巡りさんは、突然話しかけてきた通行人に一瞬、何事かと思った様子だったが、六十歳ぐらいに見える方の人が、

「騒音は基準がありますから、計れば違反はわかります。しかしそれは警察の仕事ではなく、役所の仕事ですよ」と言った。

こういう会話の間も、大きな声を出さないと、話がよく聞こえない。

「それでは渋谷区役所に言えばいいのですね?」と、私が声を張り上げて聞くと、「そうですね」という答えだった。

もう一人の四十代のお巡りさんは、

「なんでもかんでも警察に言われても、困りますよ。私たちは今、交通取締りをしているのですから」と言った。

それはごもっともで、突然話しかけた私は唐突《とうとつ》だったかも知れない。東京の町では時々歩道を歩いていて、恐怖を覚えるほどの、大音響を響かせて、走って行く車がある。そういう時私はいつも、「どうして警察は、取り締まらないのだろう」と疑問に思い、怒りを覚えていたので、そんな私の長い間の思いが、言葉の端に現れていたかもしれない。相手を責める雰囲気が、私の側にあったかもしれないと、反省した。

私はレコード店の方に歩きながら、どうしようかと一瞬ためらった。区役所に言うべきかとも思ったが、しかしここは私が直《じか》に感じた騒音のひどさについて、一応レコード店に知らせるべきだと考えた。それでも聞き入れてもらえなかったら、それから役所に言っても遅くない。

レコード店の中に入ると、「インフォメーション」と書かれたカウンターがあり、そこに若い女性が立っていた。彼女が責任のある位置にいて、私の苦情を処理できるようには見えなかったが、上の人に伝えることくらいはできるだろうと思った。私は外のテレビから流れて来る音が、大きすぎて人の話も聞き難《にく》いし、騒音のように感じることを、その人に話した。彼女は申し訳なさそうな顔をして、「わかりました」と言った。

私はレコード店を去り、買い物をするためデパートに入った。やることは一応やったので、後はなりゆきに任せるしかないと思った。

私は近頃、自分の性格が少し〝カゲキ〟になったのではないかと思うことがある。もっと若い頃は、騒音などに接してもすぐに苦情を言うようなことはなかった。しかし近頃は、そのままにしておけない。

五十近くになって、世の中の色々なことに対して、大人としての責任を感じるようになったせいかもしれない。もしかして、こういうことが「歳をとった」ということなのか。そう考えれば、お年寄りが口うるさくなるのも分かるような気がする。

それから二日後、私は同じレコード店の前の交差点に立っていた。果たして例の大画面のテレビから流れる音量は、少し小さくなっていた。しかし、騒々しいことには変わりない。人口密集の都会では、この辺で折り合いをつけて暮らしていかなくてはならないのかもしれない。とはいえ、私のカゲキな行動は、無駄ではなかったようだ。

後から分かったことだが、レコード店の騒音について、区役所に訴えた人が他にもいて、行政指導がされたらしい。私と同じように感じた人がいたことを知って、少し安心した。

駅の干し柿

晩秋の東京郊外や山梨、長野の田舎《いなか》を車で走ると、葉の落ちた枝に、朱色の実をたわわにつけた柿の木が、実りの秋の象徴のように、家の庭先にゆったりと佇《たたず》んでいるのをよく見かける。こんな柿は渋柿が多く、干し柿にするようだ。道理でそんな風景の広がる集落では、軒下《のきした》に柿を吊《つ》るしている家が多い。私にとってそれは珍しい光景で、干し柿が吊るされているのを目にすると、思わず「あら、干し柿が吊るしてあるわ」と声が出てしまう。

これは、私が三重県の伊勢の出身で、郷里では吊るし柿などあまり目にしなかったからかもしれない。貴重なものを見た感動が、思わず言葉に出るのだろう。

吊るし柿がない代わりに、私の郷里では十二月になると、田圃《たんぼ》や畑の畔《あぜ》に、高さ三

駅の干し柿

メートルほどある数段の櫓《やぐら》を組んで、そこに大根が縦にずらっと並ぶ。伊勢沢庵《たくあん》の産地であるから、それは年末の馴染《なじ》みの風景だった。中学、高校時代、冬になるとマラソン大会が行なわれたが、走るのがあまり得意でなかった私は、そんな大根の林立する間を喘《あえ》ぎ喘《あえ》ぎ走った。

現代のように流通や保冷技術が発達していない頃は、秋に収穫した作物を冬に備えて保存する様々な方法が、日本だけでなく世界中で行なわれていた。そんな先祖の記憶がどこかに残っているのか、野菜や果物が干されている風景を見ると、私はなぜか郷愁《きょうしゅう》を覚える。

ビルが所狭しとひしめく東京の町は、そんな田舎の風景とは無縁だと思っていたが、二〇〇〇年十一月の初め、その都心の地下鉄の駅のホームに柿が吊るされた。

「晩秋に映《は》える感謝の干し柿」

こんな見出しの新聞記事が私の目を引いた。それは地下鉄の四ツ谷駅だった。その駅の助役さんは埼玉県に住んでいたが、自宅の裏山でとれた柿を四ツ谷まで運び、駅員が休み時間に交替で柿の皮をむいたという。一日がかりの仕事で吊り下げられた柿は、百九十個。東京の地下鉄の駅は、文字通り地下にあるのがほとんどだが、この四ツ谷駅は、旧江戸城の外堀の上――つまり地上にあり、風通しがいい。寒風には干し柿がぴったりというわけだ。

この助役さんは前の年の暮れには、やはり自宅の畑から収穫した大根を駅のホームに干したところ、乗降客に大変好評だったので、翌年は柿を吊るすことにしたという。

「へーっ、駅のホームに干し柿」

そんな素朴な温かみのある光景を、私は東京の地下鉄で見たことがなかったから、是非見てみたいと思った。記事を読んだ数日後、実際に四ツ谷駅に行ってみた。ところが干し柿はどこにも見当たらない。駅員さんに聞くともう取りこんだということだ。新聞記事をよく読むと「一ヶ月が経ち、干し柿はそろそろ取り入れ時、紙箱などに入れておくと一ヶ月ほどで真っ白に粉を吹き、食べごろを迎える」と書いてあった。

「なんだ残念。もう少し早く来ればよかった」

と、私は悔しかった。

東京に住む人の大半は地方からの出身者だ。物と情報が溢《あふ》れ、仕事と生活に追われる暮らしの中で、ふと見上げた駅のホームに干し柿が吊るされている。そんな心和《なご》む風景を期待したのだが、私の前には殺風景な駅のホームがあるだけだった。

新聞記事によると、この駅の助役さんは、地下鉄に勤めて四十一年、この春には定年を迎えるそうだ。無味乾燥な都会の生活に追われる人々が、温かい気持ちになれるひとときを、提供したいと思い続けてきたという。以前に勤務した駅でも、大きな鯉《こい》のぼりを立てたり、プランターに稲を植えたりしたそうだ。その動機は、

「お世話になったお客さんへの恩返しです」という。

まもなく定年を迎えるこの人のように、人間関係の稀薄《きはく》な都会生活者の日常に、人の温かみを伝えることができるとは素敵なことだ。ちょっとした思いやりで、人の暮らしは潤《うるお》いを持つ。都会生活者の一人として、私も心掛けようと思った。

冬

Winter

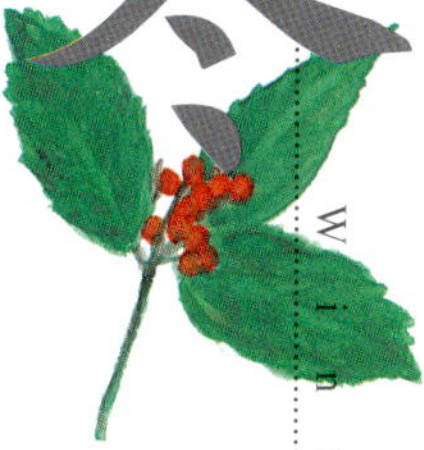

狐の手袋

「人間は破滅や破壊の方へと、どこまでも行くことはないのです。不幸や困難な出来事が続くと、そこから色々学び反省し、より良いものを築いていこうとするのが人間なのです。人間は本来神の子ですから、そのようにできているのです」

――これは一九九六年一月一日、東京・原宿の生長の家本部会館で行われた新年祝賀式での生長の家総裁・谷口清超先生の年頭のお言葉の一部である。

一九九五年の日本は、戦後最悪の年などと言われた。だからと言って前途《ぜんと》に不安を抱くのではなく、明るい希望を持って新しい年を歩んでいこうとおっしゃったのである。

人間の本性が神の子であり、いかに不完全な姿を現していようとも、その奥に神の

狐の手袋

子としての完全な姿があるという真理ほど、私達を勇気づけてくれるものはない。しかし、そうは教えられても、本当に人間は神の子なのか、と信じられないようなことは、この世の中に満ちている。テレビや新聞は、世界の不幸や惨状《さんじょう》を強調することはあっても、良いことや明るい出来事を報道することはめったにない。そんなことも加わり、私達は人間も社会も果して良い方向に向かっているのだろうか、不幸な破滅の方向に進んでいるのではないかと、不安に思うのである。

新美南吉《にいみなんきち》の童話に『手ぶくろを買いに』というのがある。人間は悪いものだと教えられた狐の子が、自分の体験を通して、人間は良いものだと思う話である。

山の中に銀狐の親子が住んでいる。寒い冬がやって来て雪も積もり、母狐は子狐に手袋を買ってやりたいと思う。しかし一度、人間に追われた経験のある母狐は、どうしても足が進まず、子狐を一人町に行かせることにした。子狐の片方の手を人間の子供の手に変えた母狐は、白銅貨を二つ子狐に渡す。そして、手袋は帽子屋で売っているから、そこの戸口で人間の手の方を差し出して、「この手に合った手袋を下さい」と言うように教える。不思議に思う子狐に、「人間は狐だと分ると手袋を売ってくれないばかりか、つかまえておりの中に入れてしまう。そんな恐いものなんだよ」と教えるのである。

一人で出かけた子狐は、帽子屋の戸口に立つが、店の灯のまぶしさに面くらい、狐の手の方を出してしまう。帽子屋は、狐が木の葉で手袋を買いに来たのかと一瞬疑うが、本物の白銅貨を差し出されたので、子供用の毛糸の手袋を子狐に持たせてやる。間違った手を出しても手袋をもらえた子狐は、人間はちっとも恐くない、人間は良いものだと思うのだ。母狐はその話を聞き、「ほんとうに人間はいいものかしら、ほんとうに人間はいいものかしら」とつぶやくのである。

人間や動物の本性を暖かく見つめた良い話だと思う。私達の住む世界も、この狐の親子と同じようなものだ。母狐は狐の手では人間に受け入れてもらえない。人間の手にしなくてはいけないと思う。しかし人間に対する恐怖心のない子狐は、狐の手のままで自分の欲するものを手に入れることができたのである。

私達もこの母狐と同じように、心で認めただけの世界に生きていると言える。だから不完全や不幸を目の前にしながら、その奥の、目に見えない世界の善なるもの、完全なるものを信じるということは、なかなかむずかしい。しかしそれができるのは、特別な厳しい修行を積んだ高僧や聖者だけのものではないことを、狐の子は教えてくれている。

上布と靴磨き

川端康成の小説『雪国』の中に越後上布《えちごじょうふ》の話が出てくる。越後上布とは、夏用の麻の着物地のことである。着物は、今の私たちの暮らしの中からほとんど姿を消してしまったから、夏用の着物地などあまりなじみのないものかもしれない。私にとってもそうである。

上布は、一年の半分近くが雪の中に埋《う》もれる北越で、女達の雪ごもりの仕事として作られた。そして出来上った上布は、三月に雪の残る川原で雪に晒《さら》されて仕上げられるという。

私は二十歳の頃この話を、『雪国』の中で知ったのであるが、暑い夏に身にまとう上布が、北国の雪の中で晒されるというその対照の鮮やかさが、強く心に残っていた。

冷たい雪に晒されたが故《ゆえ》に、夏の暑い盛りでも上布は、それを着る女性《ひと》を爽《さわ》やかに美しく見せるのではないか？　そんなことを勝手に想像したりした。しかし、上布というものは、そんなに簡単に庶民が手にできるものではなかったようである。

この越後上布について、評論家の草柳大蔵氏の調べたところでは、若い娘の織った上布は、なるほどつやはあるが、よこ糸を打ち込む時の力にムラがあって上等とはいえないそうである。そこへいくと老女が織ったものは、しっかり打ち込まれていながら、出来上った布は、いかにも柔かいというのである。

最近になってこんな話を思い出したのは、北国の厳しい雪の中で何十年も黙々《もくもく》と機《はた》を織る老女を彷彿《ほうふつ》させるような光景を、大都会・東京の片隅で目にしたからである。

渋谷の駅前におばあさんの靴磨《くつみが》きがいる。その人はもうずっと以前から、そこで靴磨きをしていたと思うのだが、町の風景に溶け込んでいたのか、私の印象にはなかった。ところが近頃、そのおばあさんのそばを通った時、彼女が靴を磨いている姿が、鮮明に私の心をとらえた。

てぬぐいで姉さんかぶりをし、紺《こん》の作業着姿の彼女は、実にいい顔をして、てきぱ

上布と靴磨き

きと楽しそうに仕事をしていた。とても老女とは思えぬ機敏な仕草《しぐさ》であった。木枯らしの吹きすさぶ駅頭のアスファルトの上に座布団を敷いての仕事は、決して楽なものではない。つい生活の重荷や苦しみを想像してしまう。彼女もその例外ではないとは思うが、そんなものを吹き飛ばしてしまう潑剌《はつらつ》とした雰囲気が、その場にはあった。それ以来、私はそのおばあさんの存在に特別な関心を抱くようになった。

何時《いつ》から、どうして、ここで仕事をするようになったのか、私は急にそのおばあさんのことを知りたくなった。最初は生活を支えるために、必死で始めた仕事だったかもしれない。しかし今はその仕事が彼女の生き甲斐《がい》になっていることが、その顔から明らかに窺《うかが》える。

その次におばあさんの前を通った時、私はその姉さんかぶりの顔を注意深く見た。そして少し驚いた。おばあさんは、濃くはないがほんのりと紅をさす程度に、お化粧をしていた。ここここそ私の職場です、と言わんばかりに。

越後上布を織る老女にしても、渋谷の靴磨きのおばあさんにしても、長い人生の喜びも悲しみも、全てを記憶の中に留めつつ、それらを昇華して美しく生きている。そこからは年を重ねるが故に到達しうるある種の境地と、今を精一杯明るく生きるたくましい姿が浮かび上がる。その姿から私は、人が生きるということの意味を改めて教えられたような気がした。

モスクワの記憶

「チョップ・スティックス・プリーズ！」――小さなスーパーのレジで、若い外国人の女性がこう頼んでいる。しかし係の中年女性にはその意味が分からず「これなの？」「これかしら？」と彼女の視線をたどりながら、レジのそばにある、ポリ袋やスプーン等を指さしてみる。二人のやりとりに気がついた私は、「おはしのことですよ」とレジ係の人に言った。彼女は、「あらそうなの」と私の方を見、それから、「一つ？　二つ？」とききながら、外国人の女性に一膳のはしを渡した。すると彼女は、「アリガト」と言って店を出ていった。レジ係の女性は私の買い物をレジに打ち込みながら、「あの人、なんて言ってたの？」と私にきいた。「チョップ・スティックスって言ってたんですよ」と私は答えた。

モスクワの記憶

家の近くのコンビニエンス・ストアや小さなスーパーに行くと、こんな場面によく出くわす。ここ数年で私の住んでいる原宿・渋谷近辺だけでも、外国人の数は大幅に増えた。しかしその割りには外国人と日本人の日常的係わりは稀薄《きはく》に思える。もちろん言葉の壁は大きいが、それよりも、多くの日本人に外国人を受け入れようという気持ちがあまりないように思う。

外国の人を受け入れよう、理解しようという気持ちがない時、その人たちの本当の姿は見えてこないという経験を、私はかつてした事がある。

それは今から二十数年も前のことになる。スチュワーデスをしていた私は、仕事でモスクワに行くことになった。モスクワ行きは、色々な制約や不都合・不便な事が多く、いやがられていた。しかし共産主義国ソ連のビザは限られた人数しか許可されなかったから、ビザの有効期限内に、私は何度もモスクワに行くことが予想された。それまでに、先輩達からモスクワの大変な話は色々聞いていたから、ソ連のイメージは暗く恐ろしいものだった。そんな悪いイメージを持って出かけた初めてのモスクワだった。

モスクワのシェレメーチェボ空港は、色々な場所に銃を持った兵士がいて、寒々とした空気の中、緊張感のある重々しい雰囲気だった。そこからモスクワ市の中心までは一時間近くかかった。季節は冬だったから、空港を出ると雪の原野が果てしなく続き、その中で白樺の白い木肌が、美しく光っていた。やがてポツリポツリと人家が見えてきた。行き交う車はどれも旧式で、雪解《ど》けのドロハネで汚れていた。四十分近くこんな道を走り、ようやく大きなビルの並ぶモスクワの中心地に近づいて来た。当時は広告というものが無かったから、どの建物も役所のようで、灰色の街にはほとんど活気が感じられず、人々は、老いも若きも黒や灰色の服を着ていた。

ホテルでは、どの階のエレベーターホールにもカウンターがあり、必ず女性が座《すわ》っていた。そこで鍵の受け渡しをするのだから、いつも見張られているような気がした。さらにレストランは効率が悪く、一回の食事に二、三時間もかかった。

「灰色の街」「黒い人影」「看視の目」——このような街の人々を、自分とは全く異質な人種であると私は感じていた。

ところが二日目になると、このような〝異国の人たち〟の中にも、私はふと人間臭《くさ》さを感じるようになった。ある時、一緒に食事に行った仲間の一人が、メニューに書いてあるキャビアを注文した。ところがウエイターはキャビアはないという。しかし、その数分後、同じウエイターがこっそりやってきて、キャビアの瓶《びん》をテーブルの上に置き、米ドルを要求したのだ。

ボリショイサーカスも見に行った。モスクワの街には娯楽施設がほとんどないらしく、大変なにぎわいで活気があった。家族連れも多く、中ではアイスクリームが売られていたが、アイスキャンディーに近い、水っぽい味だった。ここでも私は、ほんの少しモスクワの人のナマの生活に触れた気がした。

前日には〝黒い影〟のように見えていた街の人々も、よく見ると女性はほとんど例外なく、地味な色の服の首のまわりだけが赤・青・ピンク・緑など色とりどりのネッカチーフで飾っていることに気がついた。いかに不自然な状況に置かれても、女性本来の美しく装いたいという願いはどこかに表現されるものだと思った。

そして三日後、私は東京へ発つために、空港へ向かうバスに乗り又窓の外を眺めていた。バスはしばらく街の中を走っていたが、その時重そうな灰色の袋をさげたコート姿の初老の婦人が、バスの通過後に道路を横切るためか、私のすぐそばまで近づいてきた。二日間の滞在で経験したことが、私の構えた心を和《やわ》らげていたのかもしれない。その婦人の姿を見ていた私は突然「ああそうか」と妙に納得した。この街も、この特殊な外見とは裏腹に、やはり人が暮らし、その中で喜びや悲しみを味わいながら生きているのだという、ごく当り前のことをひらめきのように了解した。

この地球上に理解できない人種などいないという発見は、私の心を明るくした。

戦場と日常

一九九六年暮れのクリスマスの翌日、娘の希望で夫と三人で『インディペンデンス・デイ』という映画を見に行った。午後一番の映画を見ようと、その日は早めの昼食を済ませ、家から渋谷まで約十五分の道のりを急ぎ足で歩いた。一つの映画館ビルの中の二ヶ所で上映されていたから、きっと混雑しているだろうと思い、早めに着きたかったのである。しかし結局映画館に着いたのは、開始の十分前だった。かなりの混雑だったが、それでも三人が並んで座れる場所は見つけることができた。

やがて場内が暗くなり、コマーシャルや予告が始まる頃には、ほぼ満席になっていた。急いでやって来て、映画館の椅子にゆったりと座り、暖かくて暗い中で予告を見ているうちに、私は徐々《じょじょ》に眠気《ねむけ》におそわれて来た。その日の午前中は新年の準備のた

戦場と日常

めに、マットやカバー類の洗濯や片づけなどで忙しく働いていたので、どっと疲れが押し寄せて来たのだった。折角《せっかく》見に来た映画だからと、私は必死で目を覚まして画面を見ようとするのだが、すぐ居眠りをしてしまう。時々夫が横から「トントン」と肩をたたいて起こしてくれたが、又すぐ眠ってしまうのだった。

そんなことを繰り返して三、四十分たった頃、半分ねぼけ眼《まなこ》で見ていた画面では、医師が二、三人、得体の知れない半透明の物体を解剖していた。ぼんやりとした頭で見ていた私は、突然その生き物の胸のあたりがパカッと割れて、その中から恐ろしい生き物が飛び出して来たのにびっくりして、はっきりと目を覚ました。隣《となり》では夫が娘に「タコだ、タコのおばけだ」とややはしゃぎ気味に囁《ささ》やいていた。映画がいよいよ佳境《かきょう》にさしかかって来た頃、私は目を覚ましたのだった。

この映画は、地球侵略が目的の異星人が、月の体積の三分の一もあるという巨大な宇宙空母と十数基の宇宙船で地球にやって来た話だ。彼らは、アメリカの主要都市を攻撃し、壊滅状態の都市はパニックに陥り、人々は逃げまどう。それが七月二日から三日にかけての出来事である。そして七月四日、彼ら異星人と戦うため、アメリカ大統領を中心とした、多国籍軍ともいえるパイロットの国際部隊が編成され、宇宙戦争が繰り広げられる。その日は奇しくもアメリカの独立記念日（インディペンデンス・デイ）で、その日を「今日から七月四日は人類全体のインディペンデンス・デイだ」とアメリカ大統領が宣言し、激しい戦いの末、異星人は滅ぼされるという内容だ。

この映画は、クリントン大統領がみずから宣伝マンを買って出たといわれ、又ハリウッド映画は社会に悪い影響を及ぼすものが多いと批判した、前年のアメリカ大統領候補だったドール氏も、「中には『インディペンデンス・デイ』のような良い映画もある」と言ったという。アメリカ大統領が国際部隊の指揮官となり、地球を救うというシナリオだから、それもなるほどとうなずけた。

地球人は善、宇宙人は悪というハリウッド映画の得意とするいつものパターンで、善の中にも悪があり、悪の中にもいくらかの善はあるなどというあいまいさは全くなく、悪はどこまでも悪と決めつける単純さである。高度に科学技術を発達させた宇宙人が、戦いの末とはいえ、いとも簡単に滅ぼされてしまうストーリーも、現実感がない。又湾岸戦争でパイロットの経験があるとはいえ、アメリカの大統領が戦闘機に乗って戦うというのもこっけいだが、娯楽大作だと思えば、それらの矛盾にも目をつぶることができるかもしれない。

このように至極単純な内容の映画ではあったが、ただ一ヶ所だけ、私が心動かされ考えさせられた所があった。それは男たちが戦場に行く場面である。自分の理想を求めず、安易に生きているため、妻から見限られ捨てられた男。妻に先立たれてアル中になり責任ある仕事のできない父親。そんな彼らが人類の危機に際して、勇敢《ゆうかん》に立ち上がり地球を救うために出かけて行く。今までそのような姿の彼らを見たことのなかった元妻や恋人、子供たちが、誇らしげな暖かい眼差《まなざ》しで男たちを見送る。いかにもという設定ではあるが、戦争という極限状態でのこのシーンは、涙を誘い、男たちの姿は凛々《りり》しくまぶしい。

戦争に行くということは、生きて帰るという保障がない。そこでは出かけて行く者も、見送る者も、断崖絶壁に立たされたようなもので、ただ無事を祈るという思いが込められるだけだ。

そのような絶体絶命の淵に立ってはじめて、人や物事の真実が見えるのは人間の常で、それはそれで私達に多くの教訓を与えてくれる。夫婦や家族など愛し合う者同士が、お互いを失うかもしれないという土壇場《どたんば》で知る相手の価値。そのような価値は、戦争が起きてはじめて生じるものではなく、日常生活の平々凡々たる繰り返しの中でも存在しているのであるが、それを感じることはごく少ない。そして気がついた時には遅すぎることが多い。そのような恵みに気づき感謝して生きることができたら、人生で悔《く》いることが少ないのではないか。

そんなことを、この映画を見て私は思った。

二人で行く一本の道

平山郁夫さんの絵画展を見に行った。「未来への文化遺産・アジアの懸《か》け橋」という題がつけられていた。以前から一度平山さんの絵画展を見に行きたいと思っていたが、なかなか機会がなく、今回初めて実現した。

美術館に入るとまず、平山さんの絵特有の色が目に入って来た――群青・オレンジ・茶そして金。異国の風景や人物が描かれているのだが、違和感がない。絵画にあまり詳しくない私だが、それぞれの絵の前に立って見入っていると、月光を浴びたモスクが、あるいは砂漠を行く隊商のラクダが動き始め、何かを語りかけて来るような力強さが感じられた。これらの絵の底に流れるものは何なのだろうか。私は心魅《ひ》かれた。

二人で行く一本の道

平山さんは十五歳の時、広島で被爆している。そのことは、何年か前に平山さん自身が、テレビの対談番組で話しておられたから、私は知っていた。しかし今回、絵画展の帰り際《ぎわ》に求めた『群青の海へ』という平山さんの自伝風エッセイを読んで、生い立ちから被爆、そして日本画家として世に認められるまでの道程を、さらに詳しく知ることができた。

一人の偉大な画家は、決して最初から偉大だったのではない。数々の苦難を乗り越え、白血病と戦いながら、迷い、葛藤、あせりの末に、ようやく生涯のテーマを見出すのである。私は決して受難を礼讃するものではないが、一人の人間が与えられた才能を存分に発揮するまでには、生命がけの真剣さが求められることを、身の引き締まる思いで読んだ。沢山の共感と教訓に満ちた本だったが、一つだけその本からは知ることができなくて、私がぜひ知りたいと思うことがあった。それは夫人の美知子さんのことである。

平山美知子さんは、東京美術学校（現・東京芸術大学）で平山さんと同じ日本画科に籍を置く同級生だった。首席で卒業し、平山さんより五歳年上ということもあり、画業の上では先を進んでいて賞も早くとり、人からも認められていた。そんな彼女が、結婚するに当たり潔《いさぎよ》く自らの筆を折った。私はそのあざやかな決断に驚いたとともに、何が彼女をそうさせたのか、美知子さんの思いを知りたいと思っていた。

そんな一九九八年の一月四日、私は帰省先の書店で、何か面白い本はないかと、棚に並べられたものや平積みされた本を、比較的ていねいに見て歩いていた。その時思いがけず、平山美知子『道はあとからついてくる――「家計簿」にみる平山画伯家の足跡』という本を見つけた。早めに書店に並べられたのか、発行日は翌日の一月五日となっていた。それはちょうど私の誕生日だった。ほんの偶然ではあるが、求めていたものが目の前に現れたことがうれしく、ありがたかった。半日ほどでその本を読み終えたが、何と強い、そしてまた何とたのもしい女性であることか。この妻なくして、今日の平山郁夫さんは決してなかっただろうと思った。

美知子さんは、簡単に筆を折ったのではなかった。画家になりたい一心で懸命に勉強した美知子さんにとって、絵は生命と同じくらい大切なものだった。二人の師である前田青邨《せいそん》画伯からは「夫婦で競い合っていては、うまくいかないよ。どちらかが潰れるか、共倒れしてしまう」と言われる。そして長い葛藤の末に得た結論はこうだった。

「もし、何かを捨てるのなら、自分にとって、いちばん大切なもの、価値あるものを捨てる。そうでなければ、捨てる価値はない。（略）捨てたものに価値があれば、その代わりに私が得るものは、もっと価値あるものだし、価値が生じるものにちがいない」

結婚後の美知子さんの生活は、画家としての郁夫さんのためにあり、その夫が人の心に残る絵を描くことが、また彼女の夢なのである。その一点に全てが集中するのだ。

本の最後に、幻の都・楼蘭《ろうらん》を訪れた時のことが記されている。楼蘭には、中国側スタッフの特別のはからいで、三十分だけ着陸することが許されて、平山さんは八枚のスケッチを仕上げたそうだ。その時平山さんは、「鉛筆を削れ！」とそれまで一度も言ったことのないような激しい言葉で叫び、必死の形相でスケッチを続けた。その間、美知子さんは鉛筆を削ってばかりいて、まわりを見回すゆとりもなく、楼蘭を去る時、はじめて空を見上げ、「何と美しい空だろう」と思ったそうだ。そして「『ああ、ふたりでひとつのことをしている』と、チラと思った」とさりげなく言っておられる。

私は、美知子さんの生き方に世の男女の〝役割り〟を超えた強さを見、大いなる勇気を与えられた。

ヨーロッパ再訪

私が初めてヨーロッパの土を踏《ふ》んだのは一九七一年で、それはドイツのハンブルグだった。以来七八年までの約八年間、仕事で何度もヨーロッパの主要都市を訪れた。その後ずっとヨーロッパに行く機会はなかったが、一九九八年十二月のクリスマス前に、私は家族と二十年振りでヨーロッパを訪れた。

かつての冷戦時代には、日本からヨーロッパへ行くには、アラスカのアンカレッジを経由して、二十時間近くもかかった。ところがソ連邦の崩壊によって、ロシアの上空を飛行することができるようになった今では、直行便では十時間前後、今回私たちが利用したモスクワ経由ローマ行きでも十三時間半だった。半日で行けるのだから随分近くなったものだ。

今回の旅は、飛行機とホテルの予約をしただけで、あとは全て自分たちで計画を立てた。とは言っても何も特別なことはなく、ただ子供たちに、旅の楽しさだけでなく、大変さ、不便な事も少しは経験させたかったからだ。そうなるとしかし、ヨーロッパを訪れた事のある私に責任が回って来る。航空会社に勤めていて旅慣れているとはいえ、私のかつての旅は仕事だったから、全てがお膳立てされ、移動の際も車が用意されていた。

個人旅行の経験もあるが、二十年間のブランクは大きい。空港や街の様子も変っているに違いない。あれこれ考えると、少々不安にもなる。それに家族五人とその荷物となると、タクシーに乗るにも二台に分乗しなくてはならない。慣れない土地で言葉がうまく通じず、各々別の方向に行っても困る。色々調べた結果、電車やバスを利用するのが一番良いと思った。

これは私の今までの旅と大きく違ったところだ。移動のほとんどをタクシーではなく、公共の交通機関を利用したため、それに伴ってほんとうによく歩いた。おかげで、新たに見えてきたものもある。

ある時、ロンドンの地下鉄で私の前に座ったのは、白人の六十歳代の女性と、三十歳前後の男性で、どうも親子のようだった。彼らが身につけていたコートや靴は、近頃の日本では決してお目にかかれない粗末なものだった。息子の履《は》いていた革靴は、その茶色の部分がほとんどはげ、何本も亀裂が入っていた。母親のコートも何度も洗われて、色が褪《さ》め、ゴワついた生地のようだったが、それらをきっちりと身にまとっている。食べるのがやっとの生活かもしれないが、卑屈さは感じられなかった。「難民かもしれないね」と夫は言った。

また別の日、私の前には五十歳代の気難しそうなおじさんが座っていた。電車が動き出すと、突然車内に大きな音が響き出した。四人組の男性が楽器をひき始めたのである。驚いた私は、前のおじさんと目が合い、思わず笑ってしまった。とその人も表情を崩し、先程の印象とは違うとても人の好さそうな笑顔を見せた。そして「びっくりしたね。でもおもしろいね」というような仕草をした。四人組は車内を移動し、その内の一人が小さな箱を持って廻り、乗客はそれに小銭を入れていた。降りる時、私はおじさんに目で「それでは、さようなら」と挨拶し、おじさんも無言で応えてくれ

た。四人組は移民か外国からの出稼ぎ労働者のようだった。

ほんの数日ではあるが、こういう人々と毎日身近に接していて、私は次第にある種のやすらぎを覚えている自分に気がついた。安心感があるのである。何故だろうと自分でも不思議で、日本に帰ってからも、その事が頭から離れなかった。

私の中で二十年という時は長く、その分旅に出るまでは、ヨーロッパを距離的にも心理的にも、はるか遠くに感じていた。ところが実際に訪れてみると、以前の半分の時間で来れたし、その地に立ってみれば、異国ではなく、不思議な馴染《なじ》みを感じる街や人々の様子なのだ。

そこには、言葉や風習・顔形という外見は違っていても、内面は日本で暮らす私たちと何ら変わらない、人々の日々の営みがある。若い頃にはきっとそこが、よく見えなかったのだろう。あの頃私は、古い町並みを大切に残し、自分たちの歴史や文化に誇りを持っている、漠然《ばくぜん》としたヨーロッパというものに対して、憧《あこが》れの気持ちを持っていた。だから私の中に構えがあって、肩肘《かたひじ》はっていた。その時の印象のまま、二十年振りに訪れたら、私の感じ方が変わっていて、懐《なつ》かしさと共になぜか安らぎを感じる地となっていたのだ。それには自分たちの足でしっかり歩いたことや、私が結婚し子供を産み育てた経験も、無関係ではないと思う。

　ささやかではあるが、人生の経験を積むことによって、柔軟な物の見方ができるようになるのは、うれしいことだ。

十年の味わい

「百枚が完成しましたね。おめでとう」祝福の思いで私は、一月初め、新宿のギャラリーに足を運んだ。会場には版画の道具が持ち込まれ、長い髪とひげを生やした痩身《そうしん》の西洋人が、実演をしたり、入場者の質問に丁寧《ていねい》に答えていた。

デービッド・ブルさん。四十七歳。カナダ人の版画家。彼は十年の歳月をかけて百人一首の版画百枚を完成させた。その完成展示会が開催されていた。ブルさんの事は、夫が五年前新聞の記事で知った。その時夫は版画を購入したので、それ以来私達の所にブルさんからニュースレターが送られて来るようになった。おかげで私は、彼のプライベートな生活も知るようになった。

ブルさんはイギリス生まれのカナダ人で、カナダで知り合った日本女性と結婚し、

十年の味わい

二人の子供に恵まれた。当時カナダで版画の制作をしていた彼は、本格的に江戸時代の版画の勉強がしたくて、十二年前に来日した。そしてたまたま招かれた日本人の家庭で、初めて百人一首を知り、その絵札の美しさに魅了された。それ以来かるたの本を読みあさり、江戸時代後期の勝川春章《しゅんしょう》の百人一首と出会い、春章を自分の絵師と定め、独学で版画の制作を始めた。

だが日本では、木版画はほとんど後継者がなく、まさに滅びようとしていた。だから来日当初は、職人がどこにいるのかさえ分からない状態だった。しかし次第に彫り職人や摺《す》り職人との出会いがあり、彼らから教えられた技術を、少しずつ自分のものとしていった。そしてついに、百枚の版画が完成した。完成に華《はな》を添えるように一月十四日には、皇居で行なわれた歌会始めに招待された。

しかしここまで来るためには、いくつかの山坂を越えなければならなかった。彼の妻は、カナダでの勉学の夢を持っていて、来日してからもそれを捨てることができなかった。そして二人は話し合いの末、彼女が単身カナダに行く事になる。ところが彼女はカナダで好きな男性ができてしまい、最終的にはブルさんと離婚することになった。

多くの日本人がほとんど見向きもしない江戸時代の版画の技術を、外国人が継承しようとしているのである。その仕事は、生半可《なまはんか》な気持ちでできるものではない。版画の世界の奥深い価値を理解していなければ続けられないだろう。外国人であるブルさんには、日本人が気づかない版画の良さが、見えたのかもしれない。そんな彼の仕事を理解し、支えてくれる女性《ひと》がいないことを、私はとても残念に思った。また二人の少女に母親としての、細かい配慮をしてくれる人のいなくなった生活を思い、胸が痛んだ。

さらに時は流れ、長女が中学生になった時ブルさんは、二人の娘をカナダに送り出した。それまで何年もの間、彼女たちの母親から子供を引き取りたいと言ってきていた。それをずっと拒否していた彼だったが、娘たちのカナダで暮らしたいという強い要求を受け入れた。何が彼女たちにとって一番良いかを考えての決断だったようだ。版画制作の大きな心の支えであった二人の娘を失った事を、「人生で最悪の経験だった」と彼は言った。

完成展示会の約一週間後には、テレビでブルさんの特集番組が放映された。番組の中では、百枚目の版画の完成に立ち合うため、カナダからかけつけた二人の娘さんも映し出された。父が作業をする隣《となり》の部屋では、娘達がチョコチップ入りのマフィン等作って、昼食の準備をしている。

「これはチョコチップが入り過ぎじゃありませんか」うれしそうにマフィンを頬張《ほおば》るブルさん。三人でのにぎやかな作業は続き、とうとう最後の一枚が摺り上がった。私は彼女たちから「おめでとう」と喜びの声が上がると思っていた。ところが三人は無言なのだ。十年という歳月の長さと、その間の喜びや悲しみ、それらが脳裏をかけ巡ったのか、三人は声もなく泣いていた。

二人の少女は明るく健《すこ》やかに成長し、百人一首の版画を完成させたブルさんは今、版画家としての見習い期間を終了し、新たな門出に立っている。

百枚の版画が飾られた会場で会ったブルさんは、ひげを生やした小さな顔の奥にある目を輝かせていた。人がその人生で遭遇する様々な経験には、出来れば避けて通りたいと思うものもある。しかしそれに耐え、誠実に歩んできたことを感じさせる澄《す》んだ瞳《ひとみ》だった。

丘の上の礼拝堂

パリ市の北方の丘モンマルトルに、サクレクール寺院というカトリック教会がある。イスラム教のモスクを連想させるようなビザンチン・スタイルの建物は、先の尖《とが》ったゴシック建築の多いパリの中では異彩《いさい》を放ち、丘の上ということもあって、街のいろいろな場所から見ることができる。

私たち家族は四人で、冬のパリにやってきていた。

この丘は、かつてユトリロやモディリアニなど多くのアーティストたちの、溜まり場だったところで、今も無名の画家たちが、絵を描いて売っている。観光客相手の似顔絵描きもいて、私が寺院を見学しようと丘への階段を登って行く途中でも、日本人の若い二人連れの女性が、高額をふっかけられたらしく、似顔絵描きと押し問答してい

た。同胞の女性だったから、私は気になって、約束の値段と違うのならきっぱりと「ノン」と言って、その場を去ればいいのにと、やきもきして見ていた。

そんな母の姿を横で見ていた子供たちは、いざとなったら余計なお世話をしそうな、私の性格をよく知っているので、「母さんには関係ないでしょ」と冷たい事を言って、先へ行くことを促《うなが》す。

「そうね、周りには他に人もいるのだから、危険な事にはならないわね」、心の中でつぶやき、私は教会へ入った。

高い天井の聳《そび》える内部は、今まで繰り広げられていた、外の世界の人間臭さとは一転し、ひっそりと薄暗い。クリスマス前のため、見学者の捧げた無数の小さな蠟燭《ろうそく》の灯《あか》りの向こうには、キリスト生誕の様子を現わした置き物が飾られていた。

「それにしても、なんという暗さだろう。この中で罪の子の人間は、キリストと繋《つな》がることによって救われる、と説教するのだろうか」

まだ朝の十時過ぎなのに、石作りの教会の内部は、高い位置に作られた、ステンドグラスの窓から入る僅《わず》かな光と、天井にある小さな灯りだけで、夕暮れどきのようだ

丘の上の礼拝堂

った。こんな雰囲気の中を私は教会の内陣へと進んでいった。その日は平日で、だから特別な行事が行なわれているとは思っていなかった。ところが、祭壇の裏側の奥まった小さな空間では、礼拝が行なわれており、三十人位の人が神父の説教を聞いていた。私は見学の足を止めて耳をすましたが、フランス語だったので話の内容が理解できず、残念だった。

やがて説教が終わり、二人の人が、献金を集めるため、参会者の間を回って歩いた。普段着のような花柄のワンピースを着た五十代の女性と、ノーネクタイのワイシャツに上着を着た、四十前後の黒人系の男性だった。この有名な観光地の寺院で、そんな日常的な営みが行なわれていることは、私には意外だった。そしてなぜか、ほっとした。教会が人々の暮らしと、しっかり繋がっていることが感じられたからだ。

昨今の日本では、宗教の名を語る異常な集団が、色々な問題を起こしている。そもそも日本では、信仰というものに対する誤解があって、自分の判断を捨てて、ある宗教の教義に、あるいは教祖といわれるような代表者の考えに、盲目的に従うことが信仰だと思われている所がある。だからミイラに紅茶を飲ませたり、多額のお金を要求する団体に「宗教」の名がついていたりすると、「やはり宗教は危ない」と、宗教団体一般に疑いの目が向けられる。

人は普段《ふだん》、生活がスムーズに流れている時には、宗教など気にも留めないが、病に倒れたり、家庭崩壊の危機に直面したりすると、神に救いを求めたくなったり、生きることの意味を知りたいと思うようになる。もともと人間は、そのような場面に直面しなくても、神の存在や、何故生きるのかの答えを得たいと思っている。しかしそんなものは、そう簡単に得られないので、半ば諦《あきら》めて問題を忘れてしまっているのだ。

本当は危機にある時こそ、自分の人生を振り返り、反省する良い機会なのだが、そういうことを誰もが冷静にできるわけではない。こんな時、何か超能力のようなものに救いを求めたくなる人の気持ちも、理解できなくはない。この人間の弱さが、異常な集団のはびこる原因でもある。

私がサクレクール寺院でほっとしたのは、そこで行なわれていたのが特別の仰々《ぎょうぎょう》しい礼拝ではなく、人々のありのままの生活を彷彿《ほうふつ》させる静かで、目立たない集会だったからだ。このように、日々の暮らしの中で、神に振り向き、自己を見つめることこそが信仰だ、と私は思っている。

信仰を持つということは、多額のお布施《ふせ》をしたり、特別に神秘的な力を発揮することではなく、当り前の生活をしながら、自分の内面の良心ともいうべきものに、光を照らして生きていくことなのだ。

こんな事を言うと、「なんだつまらない」と思う人がいるかもしれないが、良心に従って生きるということは、そんな簡単なことではない。欲望や執着、利害にまみれて良心が、なかなか表面の心に感じられない場合も数多くある。そんな人間の心の欠陥を知り、失敗を繰り返しながらも、心の奥深く潜《ひそ》んでいる良心の囁《ささや》きに、耳を傾ける生き方をめざすとき、人は自分の中にある尊いものを見出し、深い喜びが感じられ、人生の生きがいを味わうようになってくる。

そんな地に足のついた信仰の大切さを考えて、私はその寺院を出た。すると外では、先程の似顔絵描きが、良いカモが来たと思ったか、声を掛けてきた。

私の挑戦

物音一つしない教室の中で、ページを繰《く》る音だけが最前列に座る私の背後から聞こえてくる。時たま机の上に置いた腕時計を見ながら、私は懸命に答えの記号をＨＢの鉛筆でぬりつぶしていく。「残り時間十分です」試験監督の非情な声が狭い部屋の中に響く。「まだ十問以上残っている」あせる私は必死になって文字を追い、答えを埋めて行く。「時間です。鉛筆を置いてください」ギリギリセーフ。

張りつめていた気持ちが一瞬にして解き放たれ、安堵《あんど》と疲労の入り混じった放心状態が訪れる。急に部屋の寒さに気がついた。

この日私は、TOEIC《トーイック》（Test of English for International Communication）の試験を受けた。これは英語を母国語としない人を対象にした英語の運用能力を測定するための試験で、今では世界約五十ヶ国で実施されているそうだ。日本でも近年七十万から八十万人の人が受験しているという。

はじめてこの試験を受けたのは五年前で、それはその年から通い始めた英語学校の年間カリキュラムに、このテストが組み込まれていたからだった。試験は全国各地で年に七回実施されるが、それとは別に企業や団体が独自に行なうことのできる、団体特別受験制度というのがあって、私の場合もそれに該当したので、試験会場は英語学校の教室だった。テストはリスニング(聞き取り)とリーディング(読解)が夫々《それぞれ》百問ずつあり、リスニング四十五分、その後続いてリーディングが一時間十五分で、合計二時間のテストになる。テスト中は、マラソンのようで、これでもかこれでもかと押し寄せてくる問題に対して脱落は許されない。

そもそも私が英語の勉強を始めるようになったのは、今から約十年前のことになる。一九九一年の夏に夫が突然「来年アメリカに行くよ」と私に告げた。それは遊びではなく、仕事で行くことを意味していた。「仕事となるとこちらもぼんやり、いい加減な気持ちで行くわけにはいかない。英語だってキチンと勉強しなければ」それがきっかけ

だった。しかし結婚以来、家事と育児にほとんどの時間を費やし、私の世界にアルファベットが入りこむ余地は全くなかったから、英語を日常的に勉強するということは、最初のころは苦痛だった。それでも目の前の必要に迫られていたから、なんとか続けることができたと思う。

九二年の夏にアメリカへ、そして九三年の夏にはやはり夫の仕事でブラジルに行った。その頃の私は、英語が好きで自分から進んで勉強するというよりは、やらなくてはならないこととして、自分に課していた。そんな私に夫はいつも「そのうち楽しくなるよ」と言っていた。

ブラジルではポルトガル語が話されているが、サルバドールという街でのことだった。夫はその街で夜の講演会をしたが、その会場の一番前の席に黒人の若い女性が座っていた。彼女は夫のポルトガル語通訳付きの英語の講演を、とても真剣なまなざしで聞いていたが、その目にはなんとも形容しがたい深い悲しみを漂わせていた。私がそれまで見たことのない悲しい目だった。サルバドールという土地は、南アメリカで最初に奴隷貿易の行なわれた港のある町なのだ。そんな土地柄が、その女性の憂《うれ》いに満ちた目と重なって、なおさら強い印象となったのかも知れない。私は彼女に代表されるような、私のそれまでの人生では出会うことのなかった人たちと、話をすることができたらどんなに良いだろうと思った。なにか大げさなことのように聞こえるかもしれないが、そのときの率直な感想だった。

そのことが私の英語に対する姿勢を変えてくれた。世界共通語といえる英語がある程度自由に操《あやつ》ることができれば、国境を越えて人々と意思の疎通《そつう》をはかることができる。「簡単な英語ならなんとか」ではなく、私の願いとして「もっと英語を話せるようになりたい」と思った。

朝六時、私は朝食の準備をしながら、ラジオのスイッチを入れ、基礎英語のレッスンを聞く。朝食後は後片づけをしながら英ＢＢＣと米ＡＢＣのニュースを聞き、夕方は食事を作りながらカセットテープで英語を流す。夜七時のＮＨＫニュースも英語で聞くことにしている。しかしこれらすべては、家事をしながらだから、他の事を考えていて、聞いていない時もある。だから、ＣＮＮニュースのダイジェスト版の雑誌とカセットテープを毎月購入して、暇《ひま》を見て音読をし、出かける時は歩きながら、ヘッドフォンでそのテープを聞くことにしている。とは書いたが、これはあくまでも「計画」であり、実際は忙しくてできない日もあるし、音読をしているはずが、居眠りをしていることもある。

こんなふうに勉強しながら、年一回TOEICの試験を受けるようになって、二〇〇〇年で五回目になる。三年前からは英語学校で行なわれなくなったので、公開テストを受けている。都内の何ヶ所かの大学を会場としての試験は、受験者のほとんどが二十代三十代の若者なので、四十代後半の私はやや場違いの気もするが、多くの日本の若い人が私と同じように英語を勉強していると思うと、励《はげ》まされ、また頼《たの》もしくも思う。

外国語を習得するということは、やればやるほどその道のりの遥かなことを感ずるが、思いを表現し伝えることの喜びや、自分の世界の広がりを感じることもできる。

遅々《ちち》とした歩みではあるが、サルバドールでの思いに支えられて、私はこれからもずっと英語に挑戦していくだろう。

材木屋

私の家は原宿の賑《にぎ》やかな通りから、細い私道を入った突き当たりにある。私道の入り口の左右には、若い女性向けの洋服店とスノーボードのお店が並び、そこから入ったすぐ左手に、近頃の原宿では珍しくなった材木屋があった。

姑《はは》の話によると、昔（といっても二〜三十年前）は畳屋、炭屋、八百屋など、日々の暮らしのための店が、軒《のき》を連ねていたそうだ。しかし今はほとんどが、ファッション関係のお店か飲食店になってしまった。その中で生き残った数少ない、昔ながらの材木屋ということになる。扱うものが材木だからトラックの出入りがいつもあり、そういう車が私道を塞《ふさ》ぐ形で駐車していることが多い。一応そこには「私道につき駐車禁止」という立て札は立ててあるのだが……。私道の幅は、車一台が丁度《ちょうど》通れる位だから、

吾が家から車で出かける時は、駐車している車には移動してもらわないと公道には出られない。以前はクラクションを鳴らすと、四十前後と思われる男性が、ブスッとした顔つきで車を移動させるのだった。

しかし七〜八年前からは、もう少し若い男性がその場の責任者になったようで、警笛の音で彼は脱兎《だっと》のごとく飛んできて、頭を下げて車を移動してくれる。それでも時には、製材の音でクラクションが聞こえなかったり、材木屋に来たトラック以外にも色々な店の車が三〜四台数珠《じゅず》繋《つな》ぎに駐車していることもある。そういう時、たまたまこちらも急いでいたりすると、「なんとかしてよ!」という気持ちで、クラクションを何回も鳴らす事がある。

そうすると、たまに材木屋の向かいのビルで掃除婦として働いている、五十代半ばの女性が顔を出すのだ。小柄の女性で、茶色の作業着に紺のズボンをはき、黒い髪を一つに束ねた浅黒い顔の表情は少し暗く、こちらを窺《うかが》うように見る、と私は感じていた。だからあまり良い印象を持っていなかった。しかし普段《ふだん》はほとんど顔を合わすことのない人だった。

材木屋

私たちの地区は、一九九九年の十月からゴミの収集方法が変わり、それまでは、毎日燃えるゴミも燃えないゴミも、出すことができたが、それ以来燃えるゴミの収集は週二回、不燃ゴミは週一回、資源ゴミ週一回ということになった。この「ゴミ出し」は、朝学校へ行く時の子供の分担になっていた。

二月初めのある朝のことだった。子供が出かけたあとで、家の中にもう一つゴミの袋が残っていることに気がついた。収集車が来る八時の少し前だったので、私はゴミ袋を持って走って行った。すると私道の入り口のところで、かの女性がもう掃除をしていた。私の姿を見ると彼女は、「もうゴミの車は行きましたよ」と声をかけてきた。私はその人から声をかけられたことを、とても意外に感じた。彼女は私のことを良く思っていないと、勝手に決め込んでいたからだ。「そうですか」と戸惑《とまど》いながら答えると、「置いときますか?」と彼女は言った。そういうわけにはいかないが、私は途方《とほう》に暮れて曖昧《あいまい》な表情をして、ゴミ置き場の所までいった。確かにそこにはもうゴミの袋は一つもなく、道路の左手五十メートル程先には、すでに行ってしまった収集車が見えた。そこまで走るのもみっともないしと、道路の向かい側を見ると、そこにはまだゴミの山が残っていた。

私は、信号が青になるのを待って横断歩道を渡り、袋を置いた。帰りしな、「道路のむこう側に置いてきました」と彼女に挨拶《あいさつ》して、家にひきあげた。

その日以来、私とその女性は、笑顔で挨拶するようになった。すると、この人はこんなに感じの良い人だったのか、と意外に思うのだ。きっと相手も同じことを思っているかもしれない。また、それまではあまり会うことのない人だと思っていたが、こうしていったん良い関係になってみると、私は彼女をよく見かけることにも気がついた。

私の心の否定的な思いが、彼女の存在を無視していたのかもしれない。なぜそう思うようになったのかと考えてみると、私道の車のことに行き当たる。クラクションを鳴らすとき、「こんなところに車を止めて」と、私の心の中には、車の持ち主を非難する思いが渦巻いている。そんなとき顔を出す女性は、「偉そうにクラクションを鳴らして」と、やはり私を非難しているのではないかと、勝手に決めていたのだ。周りの人や物事の姿は、自分自身の心で作り出しているものだと、つくづく感じた。

そして自分にはあまり関係ないと思っている人でも、その人との間が好ましくなる事は、嬉しいものなのである。案外《あんがい》こんなささやかな事の積み重ねが、幸福感をつくっているのかもしれない。

こんなことを考えているうちに、二月末には材木屋が突然店じまいをして、道路を隔《へだ》てたビルの一室に移転してしまった。私道の脇には「事務所を移りました」と書いた板が提《さ》げられた。もはやこの道を占拠する車はほとんどなくなり、吾が家の車の出入りもあっけないほどスムーズになって、不安を覚えるほどだ。思えば私にとって、十数年も続いていた〝迷惑駐車〟だったが、無くなってみると、あのお兄さんはどうしているだろうかと、時に思い出すのだ。

初出一覧（掲載誌はすべて『白鳩』誌）

春 Spring

あっという間の春（一九九五年四月号）
人それぞれの花（一九九五年七月号）
隠された宝（一九九七年七月号）
大樹との出会い（一九九八年八月号）
花の旅立ち（一九九九年七月号）
アンとパパイヤ（一九九九年八月号）
宋姉妹（一九九九年六月号）
かゆい夏（一九九九年九月号）
壊れたオーブン・トースター（二〇〇〇年七月号）
束の間の旅人（二〇〇〇年八月号）
カツオを下ろす（二〇〇〇年九月号）

夏 Summer

オプティミスティック・ライフ（一九九五年一〇月号）
最期の献立（一九九六年一〇月号）
香港と中国（一九九七年一〇月号）
抱卵（一九九八年一〇月号）
東北にキリストを訪ねて（一九九八年一二月号）
不思議の島（一九九九年一〇月号）
エッグベネディクト（一九九九年一一月号）
リヤカーを引く（一九九九年一二月号）
ビワの木（二〇〇〇年一〇月号）
心配な母（二〇〇〇年一一月号）

ベルリンの空袋（二〇〇〇年一二月号）

秋 Autumn

妻か、母か？（一九九六年一月号）
公園の住人（一九九八年一月号）
夕食の会話（一九九八年六月号）
子と親（一九九九年二月号）
鰹節のこだわり（二〇〇〇年一月号）
草原の民（二〇〇〇年二月号）
主婦のウデ（二〇〇〇年三月号）
涙を乾かした時（二〇〇一年一月号）
カゲキな行動（二〇〇一年二月号）
駅の干し柿（二〇〇一年三月号）

冬 Winter

狐の手袋（一九九六年四月号）
上布と靴磨き（一九九六年七月号）
モスクワの記憶（一九九七年一月号）
戦場と日常（一九九七年四月号）
二人で行く一本の道（一九九八年四月号）
ヨーロッパ再訪（一九九九年四月号）
十年の味わい（一九九九年五月号）
丘の上の礼拝堂（二〇〇〇年四月号）
私の挑戦（二〇〇〇年五月号）
材木屋（二〇〇〇年六月号）

著者紹介
谷口　純子
一九五二年三重県に生まれる。日本航空国際線スチュワーデスを経て、一九七九年、谷口雅宣氏（現生長の家副総裁）と結婚。一九九二年、生長の家白鳩会副総裁に就任。現在『白鳩』誌に「四季のエッセイ」を執筆している。二男一女の母。
電子メール
junko.taniguchi@nifty.ne.jp

花《はな》の旅立《たびだ》ち

二〇〇一年四月二五日　初版発行
二〇〇一年一〇月一〇日　再版発行

著　者　谷口　純子（たにぐち・じゅんこ）
発行者　岸　重人
発行所　株式会社　日本教文社
東京都港区赤坂九―六―四四　〒一〇七―八六七四
電　話　〇三（三四〇一）九一一一（代表）
〇三（三四〇一）九一一四（編集）
ＦＡＸ　〇三（三四〇一）九一一八（編集）
〇三（三四〇一）九一三九（営業）

頒布所　財団法人　世界聖典普及協会
東京都港区赤坂九―六―三三　〒一〇七―八六九一
振替　〇〇一一〇―七―一二〇五四九

印刷所
製本所　凸版印刷

落丁・乱丁本はお取り替え致します。
定価はカバーに表示してあります。

ISBN4-531-05218-8